风之回响
RESONANCE

每一种声音
都期待回响

隐秘的终点

[美] 娜塔莎·特雷休伊 著

黄茜 译

上海三联书店

纪念养育了我的女人们

弗兰西丝·狄克逊·英格拉哈姆

莱瑞塔·狄克逊·特恩博

以及

格温多琳·安·特恩博（原姓），

我的母亲

往事在我的胸膛里跳动，像另一颗心。

——约翰·邦维尔 《大海》

旅行者并不知道，所有旅途都有隐秘的终点。

——马丁·布伯

目录

第二部

第一部

[   ]

　　我梦见我母亲，在她去世三周之后：我们行走在
一条有车辙的小径上，沿着椭圆形的轨道缓慢绕行：
我俩肩并肩，近得几乎将肩头碰在一起，谁都不说话，
追随着我们的迹线。我知道她已死了，但仍有种满足
感，仿佛她只是去了某个地方，而我旅行至此与她相
见。周遭的世界黯淡无光，只是一个阴影重重的背景，
而此刻，背景中走来一个男人。即便在梦里，我也知
道他做了什么。然而我却微笑，在他路过时抬手向他

致以问候。就在那时，我母亲转向我，我看见了：在她前额正中，一个硬币大小的弹孔。从中射出一道无比明亮，无比锐利的光，让我感受到直视太阳带来的那种瞬间目盲——在黑暗中，她的脸被光环绕，她说："你知道有一个永远无法愈合的伤口意味着什么吗？"我知道我无须回答，于是我们继续往前走，沿着环形小径，直到与他重逢。这一次，他是来完结他已开始的那件事：用手枪瞄准她的头颅。这一次我想我可以拯救她。倾身拦住子弹的道路，高喊"不！"，这就足够吗？我因这个词惊醒，我自己的声音将我从睡眠里褫夺。但我母亲的声音还在回响，她问我的最后那个问题——"你知道有一个永远无法愈合的伤口意味着什么吗？"循环往复，如诗尾的叠句。

序　篇

　　我母亲最后的影像，除了犯罪现场她尸体的照片，是她去世前几个月拍摄的一帧正式的肖像照。她端坐在一家生意兴隆的摄影工作室，这里因质量尚佳却不甚出挑的照片闻名：婴儿被布袋木偶逗得咯咯笑，孩子们身穿搭配好的圣诞毛衣站成阶梯队形——一切都衬着寻常的布景：有时是一匹湛蓝纱幕，仿佛被一支羽毛轻轻掸过，有时是一派秋日场景，殷红与枯黄的树叶镶饰着立柱围栏。至于更沉郁的肖像照，看似为了传达一种严肃或合于礼节的优雅，背景就是一帘素朴的黑粗布。

她四十岁。为了拍照，她挑了件黑色长袖紧身衣，高高的衣领开在咽喉部位。她没看向镜头，双眼凝视远处的某一点，仿佛恰好在我的头顶，这让她的脸显得神秘莫测，一如既往：她高而优雅的前额，光洁无纹，如同一张未曾书写过的布告板。她也没在微笑，这让下巴上的美人沟愈加显眼，在柔弱的颈项之上，她下颌的轮廓柔中带方。她笔挺地端坐着，看上去既非被强迫，也没感到任何不适。也许她打算多年以后再次回顾它，并说："我新的人生，正是从这里开始的。"我被这个想法击中，也许那正是她想做的：记录历经磨难的自己，而余生正在她眼前徐徐展开。

这个念头总是让我倍感绝望，因此，多年来，我宁愿告诉自己另一个的故事。在其中一个版本里，她知道自己很快会被杀死。我晓得她曾为了消遣和同事一道去拜访通灵师，她向我提起过，却没说从通灵师那里获知了什么。大约在那段时间里，她拿出了几张人寿保险单，因此许多年来我一直告诉自己，她一定是在她生命的最后几周为不可避免之事做准备，保证她的孩子们在她死后将得到照拂。

事实上，即使通灵师真说了什么，多半也是关于她未来的好愿景——也许是罗曼司，也许是对她的新工作的乐观展望，她刚接受了县精神卫生机构人事主管的职务。我知道，人寿保险单很可能只是那份工作的福利之一：她是在新员工公开登记注册期间填写的保单。尽管如此，关于她如何制定计划，克己地意识到什么将要发生的叙事安慰了我。我不忍去思考另一种可能，不忍想到她在笃信已逃脱魔掌之后，却突然意识到死亡迫近的惊恐。也许，真相存在于她的希望和她务实想法之间的某处。

如今，事后之明让我以另一种眼光打量那帧照片——多么阴郁啊！仿佛摄影师试图创作一件艺术品，而非普通的工作室肖像。他似乎使她周围的空间变成了一副框架，以突出某些难解的信息：她身后阴暗的过去，她朝向未来容光焕发的脸，她的目光聚焦于此。

然而，无可否认，那儿还有一些东西，即便在当时也是伤感的：她脑后有一束奇异的光线，或许是摄影师的失误，通往走廊的门似乎已打开，很快她将从那儿转身离去。看着那束光，想着即将到来的一切，我发现摄影师还做了什么。他这样拍摄她：她黑色的衣裙和她背后的粗布一样黢黑，以至于除了她的脸，她实际上已是那黑暗的一部分，她从黑暗中浮现，仿佛来自记忆的深渊。

————

在我母亲去世将近三十年后，我第一次回到她被谋杀的地方。从十九岁那年开始，我就没再来过，彼时我不得不清空她的公寓，处理掉一切我不能，或者不愿带走的东西：所有家具和家庭用品，她的衣服，她可观的唱片收藏。我只保留了她的几本书，一条子弹做的沉甸甸的腰带，以及她喜爱的唯一一盆植物——花叶万年青。在整个童年时代，我担负着照料它的职责，每周为上端的叶簇除尘和洒水，并剪去下端棕黄凋枯的叶片。*对付它你可得小心*，我母亲警告说。小小的防护措施看似并无必要，但花叶万年青的汁液含有毒素，它从叶片和茎秆的切口处渗出。这种植物被叫作*哑巴藤*，因为它能引起短暂的失语。当恐惧、震惊或讶异让我们说不出话来，我们称这种情况为*哑口无言*，当悲伤无法用言语表达，我们称之为*难言之痛*。那时候，我尚未领会这植物内在的隐喻、我与母亲之间的关系，以及她为何让我承担照料它的责任，同时又向我警示它的危险。

当我离开亚特兰大城，携带着所有那些岁月在内心培养的东西，发誓永不归来：对过去的无声回避、缄默，以及像根茎一样深植于我的刻意的遗忘。我无法预知，还有什么能吸引我回到那座城市，回到那片随处都是回忆的地界，尽管我竭尽所能地缅怀她，但还是决意抹煞过往。事实上，当我接受了一份大学教职，返回此地工作时，我以为可以绕开从前的生活，小心翼翼地躲避我不忍再见的那个地方，直到我别无选择。

要到达那里，我得驱车路过那些将我带回到1985年的地标——审讯案件的县法院大楼，我母亲通勤到市中心去上班的火车站，坐落在285号公路丁字路口的迪卡布警察局，环绕亚特兰大都会区的小道将我引向纪念馆路——一条东西向的主干道，曾被叫作公平大街。纪念馆路起始于城市中心，从市区向东蜿蜒，一直抵达石山，也是南部联邦在这个国家最巍峨的纪念碑。作为南方白人精神的永恒象征，石山耸拔而起，犹如被埋没的巨人的头颅——对南方的英雄主义的怀旧之梦装饰着它的前额：那是以浮雕凿刻的石墙上杰克森、罗伯特·爱德华·李和杰弗逊·戴维斯的伟岸身姿。离它基底不远处是我们在那最后一年居住的公寓，纪念馆路 5400 街区，18-D 号。

虽然我准确地知道它的位置，熟悉指向它的地标，我一开始还是错过了，不得不原路折返，驶入绿树掩映的前门。从那里，我能远眺石山，它在纪念馆路的最高点兀然显现，仿佛在提醒我，此地什么仍被纪念，什么已堕忘川。

上一次置身这幢公寓大楼，是她死后的那个早晨，我能看见地面上勾出她身体轮廓的褪色的粉笔线，黄色的警戒带还贴在门上，她床边的墙面有一个小而圆的弹孔，一颗子弹射偏了，嵌在当中。如今这些已荡然无存，但一切又似乎带有某种丧失的印象。一排排锈迹斑斑的楼梯扶手和纱窗标示出的破旧楼房——我们搬来那会儿，它才建好不过十年——一层更加暗淡的油彩包裹墙壁，仿佛为了藏匿油彩下那幽暗的历史。

　　站在我母亲曾经的卧房窗户下，我思考那个弹孔：一个如此微不足道的痕迹，来自那个永远改变了我们生活的事件。它本该很快被修葺，填充并粉刷一新，如今我好奇，这楼房是否已因年深日久而愈加下沉，墙壁也随之移动。我曾亲眼目睹，当房屋下沉，一个遮起来的钉头能留下多大的凹陷，石膏板上的一颗痘疮，仿佛一道伤口从表层之下撕裂。那就是召唤我返回的东西：那隐藏的、被覆盖的、几乎被擦除的东西。我须得为我们的过去寻找意义，须得理解我母亲的一生建构于其上的悲剧历程，以及我自己的人生如何因此而被塑造。

－－－－－

　　我的脑海里保留着关于我自己的一帧画面，在她死后的第一天，在那套公寓里。有　段由地方新闻台拍摄的录像，记录了我到达的过程，因此画面不仅关乎那个罕有的时刻，也关乎目睹我自己——从远处——踏入我从前的生活，笃定那是最后一次。镜头里的我，走上楼梯，踏进房间，把房门关在身后。现在想想，我没听见任何声响，录像是静音的。也许记者说出了我们的名字，也许她没有，只是管我母亲叫*受害者*。而在我的头脑里，一行字幕出现在屏幕底部，将我指认为*被谋杀的女人的女儿*。即便在当时，我也觉得我在注视另一个人——一个在她的人生转折点上的年轻女子，成年和丧亲之痛同时将她攫住。

那个年轻女子，几小时以后走出公寓，和踏进公寓的不再是同一个人。仿佛她依然在那儿，那个曾经的女孩，在那扇阖上的门后，被封锁在一组镜头结束的地方。时常，我在梦里看见那扇门。不过，如今它是一道我已能够跨越的槛。

汝是汝母亲的镜子，在汝身上，

她唤回了青春时期可爱的四月

——莎士比亚　十四行诗之三

1. 另一个国度

在我的大腿背面有偌大一块胎记，虽然已伴随我半个多世纪，我仍记不清这深色的轮廓位于哪条腿上，只能通过一面镜子从背面察看。看见它，就像遭遇一块已被遗忘的伤疤，一块唤起那受伤时刻的残留物。它将我带回到我的幼年：在密西西比度过的漫长、温暖的时日，大部分时间我穿短裤，那块胎记清晰可见，而非像现在总是被衣服遮盖起来。它并非手的形状，却有手的大小，如果你被要求坐在双手上，正如我母亲曾被要求的那样，你或许会在大腿后侧留下一个印记——它恰好在那个位置。

许多文化里都充满了此类母亲在孩子出生前制造印痕的神话，她的渴望或恐惧如是显现在身体上：胎记呈现为她热爱的食物的形状或颜色，呈现为她自己不断扭绞的一缕灰色发卷。他们说，为了息止渴望，吃灰尘或泥土；为了平复攀扯头发的手，将它坐在屁股下方。倘若我母亲这么干过，在我的家庭里应有对胎记象征的权威阐释。而长者们唯一一致的意见是，它看起来像地图上的一个地点，那是我母亲梦想却未曾抵达之地。我常想象她期盼着我的到来，对世界、对我将踏入其中的特殊时空，满怀希望和焦灼：一个猛烈的热望在她的内部形成。

1966 年春天，当我呱呱坠地时，我母亲还差几个月才满 22 岁。我父亲因为出差不在城里。于是，她按照计划，只身一人从外祖母家前去不远处的格尔夫波特纪念医院。在去往隔离区的路上，目击沿街竖立着一连串反叛的旗帜，她不自主地领会了这一天的意义：个体市民、立法者和三 K 党徒（通常他们是同一个人）在格尔夫波特和密西西比的所有小城镇上将它们竖立起来。那一年的 4 月 26 日是密西西比的联邦阵亡将士一百周年纪念日 ①——一个称颂古老的南方、失败的志业以及白人至上的节日，而庆祝的热情大抵不过是种表演，与人权运动近来的进步背道而驰。她无法忽略我那不同寻常的出生之日的悖论：不同种族的父母诞下孩子，而跨人种婚姻在当时的密西西比和其他二十个州尚不合法。

即便被扣押在"有色"的地板上，我母亲知道这个国家正在改变，虽然进展十分缓慢。在血色星期日事件 ②、沃茨暴乱 ③ 和密西西比地区的种族仇杀持续多

---

① 最初为纪念在美国南北战争中阵亡的将士而设，南北方选择的纪念日期有所不同。第一次世界大战结束后，该节日逐渐演变为普遍纪念那些在战争中死去的美国士兵。1971 年，美国联邦政府将其定为国家节日，并将纪念日定在 5 月的最后一个星期一。——除特殊说明外，本书脚注均为编注。

② 1965 年，美国亚拉巴马州塞尔玛约有 600 名民权主义者参与了争取投票权的游行，警察动用武力驱散示威人群，造成多人受伤，该游行最终促成了当年《投票权法案》的通过。

③ 1965 年，在投票权法案成为正式法律的几天后，洛杉矶中南部的瓦茨附近爆发动乱。在逮捕一名酒驾的年轻人时，警方与犯罪嫌疑人的母亲在围观者面前争吵起来。这一争吵引发了为期六天的暴动，造成了巨大的人员伤亡和财产损失。

年之后，她在 1965 年夏季成年，年满 21 岁。我的父亲是成长在加拿大新斯科舍省乡间的白人男孩，他狩猎、捕鱼，自由地穿梭在开阔的树林间，与此不同，我那作为黑人女孩的母亲出生在闭塞的南方腹地，受缚于一个被吉姆·克劳①限定的世界。虽然我父亲崇尚危险的生活，以及冒险的必要性，我母亲却见证过伪装的必要性，一种在白人面前将自己的脸变成一具神秘面具的艺术，而白人总是期待黑人表现出奴隶式的顺从。1955 年夏天，当她还只有 11 岁，便目睹了在密西西比，一个黑人男孩如果不服从白人的命令，踏出种族禁区会遭遇什么：在我外祖母的《黑玉》杂志上，埃米特·提尔②那被敲碎的尸体，和他被毁坏的脸。

---

① 吉姆·克劳是美国剧作家 T.D. 赖斯于 1828 年创作的剧目中一个黑人角色的名字，后来逐渐变成贬抑黑人的称号和黑人遭受种族隔离的代名词。

② 14 岁的非洲裔美国男孩。1955 年 8 月，他在一场种族主义袭击中被谋杀，震惊了全国，这一事件成为正在兴起的民权运动的催化剂。

————

即便我母亲愿意忽略周遭的种族暴力和愈演愈烈的动乱，我外祖母也不会允许。在她的房子里，最新一期《黑玉》杂志放在咖啡桌上，旁边是一本关于人权运动的纪实摄影集，从私刑的场景到和平抗议，以及那些适应力极强的美国黑人的脸——对必须为正义而战的永恒提醒。在这个国家，外部的提醒正变得愈来愈不可避免。在我母亲遇见我父亲的前一年，人权运动激进分子梅加·埃弗斯①在他位于杰克森的宅前车道上被枪杀。那是 1963 年，我外祖母参加了比洛克西的一个黑人公民组织，抗议黑人被禁止使用公共海滩。为了悼念埃弗斯，抗议者将数百面黑色旗帜插在沙滩上——从海堤上眺望到这幅画面，我母亲永生难忘。她也无法忘记关于三名人权运动激进分子投身

————————————

① 密西西比州的美国民权活动家，全国有色人种协进会的外勤秘书，曾在美国军队服役的二战老兵。他致力于推翻密西西比大学以及公共设施内的种族隔离制度，扩大非裔美国人包括选举权在内的权利。

于自由之夏运动，在密西西比登记黑人选民的那则新闻。詹姆斯·钱尼、安德鲁·古德曼以及米歇尔·舍纳①于1964年被绑架并杀害，两个月后人们找到了他们的尸体，被埋压在尼肖巴县河边土砌的高岸下。

得知这个消息的时候，我母亲正和她大学剧团的同学在密西西比之外的州进行田野考察。而在家乡，三K党已发起了他们的恐怖运动，她返回的那个密西西比变得更加骇人听闻。那是一个前所未有地接近火焰和危险的夏天：密西西比到处是燃烧的十字架和烧得焦黑的教堂。我母亲和外祖母居住在一座教堂的街对面，夜晚辗转难眠，不时醒来聆听外部嘈杂的声响。

正是在那危机和剧变的背景下，我的父母，两个大学生恋爱了。他们在一个关于现代戏剧的文学课堂上相遇，有关书籍和戏剧的谈话将他们从教室推向充盈着午后光线的户外，他们在校园内外漫步，行走于肯塔基州起伏的翠绿山峦之间。当他们在1965年私

---

　　①　三名美国民权运动参与者，在1964年自由之夏运动中，于密西西比州被三K党成员杀害。

奔，跨越俄亥俄河来到辛辛那提，在那里他们可以合法地结合，只有我母亲知道，对我——她已在腹中孕育的孩子来说，这一切意味着什么。她在和父亲分开的几个月里写给他的书信中显得乐观且务实，既期盼着一个改变了的国度，同时也意识到，任何她带到这个世界来的孩子，如果想要安全地活下去，都有许多东西要学。这意味着我得理解我将面对的现实：种族融合在本地难以被接受，这是令人痛苦而压抑的事实，即便它已成为当地的法律。我父亲，一个天生的理想主义者，依然天真地以为我可以摆脱种族——即黑皮肤的负荷，自由成长，如他自己那般。

像对立的两面，他们彼此互补：我母亲优雅含蓄，善于体察细节；我父亲举止粗野，既暴躁又有些书呆子气，常常耽于沉思。在观察过父亲刮胡须后，我试着使用他的剃须刀片，是母亲为我的面颊止血，是心不在焉的父亲将刀片留在我能够到的柜台上。有一天，我在泥沟里划伤了膝盖，伤口下露出一层白色皮肤，我躺在他们中间，将他们的手并排举起来，询问为什么他们不是相同的肤色，为什么我跟他俩都不完全一样。*我是什么?*"你继承了两个世界最好的部分,"他们告诉我,这不是他们第一次这么说。

在外面的世界,当我与他俩中的任何一个单独在一起,我都开始感到一种深切的错位。若我和父亲在一起,我会琢磨来自其他白人的礼貌回应,他们称他为"先生"或"阁下"的方式。然而,我母亲却被叫作"女孩",而非"小姐"或"女士"——人们教育我这样称呼方为得体。和他俩在一起时,我受到的待遇天差地别,以至于我不知道自己究竟归属于哪一方。唯有在家里,我们仨独处的时候,我才深深地感到我是*他们的*,而在那母亲、父亲和孩子的三位一体中,我可以阖上双眼,在那张高脚床上,在他们中间安然入睡。

————

在那间卧室外,有一条狭长的走廊通往书房,书房内一个高高的书架在无数个下午引起了我的注意。它储存着我父母的藏书,同时还有一套我母亲坚持让外祖母购买的百科全书,替代被涂成青铜色的婴儿鞋,作为对我出生的纪念。在我记忆中最早的梦境里，那条走廊通往某种未知之物，我既被它引诱，又模糊地感到怖骇，它暗示着横亘在我眼前的危险。在梦里，我醒来的那幢房子黑暗岑寂，仿佛我只身一人。我起身，站在走廊当中，朝下窥视整个大厅。在我的对面，走廊的另一端，一个男人的身形挡住书架：他没有脸，整个地由铺满宅前车道的碾碎的贝壳构成，我曾无数次赤脚踏上那锋利的边缘。

此刻我明白了，为何我忆起的最初的梦境是此等形状。那时候，我父亲正在读在职研究生，攻读他的英语文学博士学位，试图成为一名作家。若我告诉他什么使我受到了惊吓，作为安慰，他大约会提醒我，那意象类似于他给我读的一些睡前故事：奥德修斯的试炼，他遭遇挡住洞穴的独眼巨人；贝奥武夫传奇里，在蜂蜜酒大厅入口的怪兽格伦德尔。此外还有纳绪索斯、伊卡洛斯、卡桑德拉以及斯芬克斯之谜的故事——它们讲述的是勇敢、虚荣、傲慢和知识。

当他朗读的时候，我喜欢在他宽大的椅子里，蜷缩在他身边。一天傍晚，我的手指抚过他的喉头，摸到那个像膝关节一样灵巧的喉结。

"这是什么，爸爸？"我问。从主日学校里，我得知了亚当和夏娃的故事，但从没听过我父亲此刻详述的这部分：当亚当咬了一口知识树上的苹果，它如何卡在他的咽喉当中，使他的后代永远具有了这个解剖学上的特征。

"疼吗？"我问。

"不，"他说，和往常一样皱起眉头。"但它是获得知识的后果之一。"

"为何我没有？"

"你有，"他说，将我的手放在我自己的喉咙上。"它只是更小一点。你说话的时候，就能感觉到它。"

我父亲通常不会直言他想要我知道的关于这个世界的事情，因此，我专心地听他的故事，在那些角色中寻找我自己。他告诫过我不要将秋千荡得太高，当我几乎把秋千向后荡过横梁，铁链的弯曲将我摔向地面时，我听到了伊卡洛斯的故事。当我在镜子前消磨太长时间，模仿我母亲的装扮，被自己的脸蛋迷倒，等待我的将是纳绪索斯的故事。

在他对我们的生活作虚构化描述的短篇小说中，他将我命名为卡桑德拉，希腊神话里的特洛伊公主。对我父亲来说，卡桑德拉的神话正是他引导我通往必要的知识的另一种方式。在一些版本里，卡桑德拉的宿命仅仅是被误解——一如我父亲所想象的一个出生在密西西比的混血小孩明白无疑的命运。"她是个预言家，"他告诉我，"但没人愿意相信她。"然而，这些年来，这第二次命名沉重地压在我身上。仿佛因为给予了我那个名字，他不仅给了我预言的重担，同样也给予了我因果的信念——无论什么，只要我能想象它，只要我在头脑里看见它，它便会发生，*因为我已预见*。我似乎已用意念使它成为现实。

寓言和譬喻式的语言坚实了我们的日子。"你愿意玩*那个球*吗？"一天下午，我父亲指着天空中巨大的红日说。

"别傻了，"我母亲说。"你知道她会烧伤她的手。"

即便在那时，我也知道有什么在他们中间传递，他们在致力于培养我如何应对这个世界的方式上，有一些不同之处。我父亲相信一个人得在譬喻式的语言中接受彻底的教育，正如诗人罗伯特·弗罗斯特所劝告的。"我指的是，"弗罗斯特写道，"除非你精通隐喻，已接受过适当的关于隐喻的诗歌教育，否则你在哪里都不安全。因为你无法和比喻的价值自在相处：你不懂得隐喻的力量和弱点……你在科学里不安全；你在历史里不安全。"我母亲，在大学里主修文学和戏剧专业，必然也深信隐喻教育的必要性，然而她却是直来直往的那一个，相对于抽象的概念和修辞，她对实用课程更感兴趣——那些我尚且无法想象的对危险的训诫。

———

我还记得和父亲一起沿着漫长的铁道散步，他念诵诗歌，我为母亲采摘花朵或黑莓。我们收集此前扔在铁道上任由火车碾平的硬币，我一边走，一边将它们紧紧攥在手里，直到我的手掌握住每一道童年时代的擦痕和切口的记忆，那是血的熟悉气味。家里，母亲做好了谷物布丁等待我们，厨房温暖芳香。窗沿上，我采摘回来的花朵插在水罐里，它攫住下午的太阳，涵容它，仿佛它是一罐光。一切都很奇妙：小龙虾在挖掘它们的地洞时，把土一小团一小团地堆叠成烟囱状，还有船坞里的器械和铁路岔道上蹒跚而行的巨大火车头，语言的韵律和词语的力量改变了我所看到的一切。

"看看窗外，"我父亲说。他一边用小狼布袋木偶逗我玩耍，一边讲述《小红帽的故事》。"你看到那只狼了吗？"他问，并指向我的伯祖母休格，那一刻她改变了样貌：一只身着家常服，戴着帽子的狼，正昂首穿过我们屋子背后的树林。即便我的母亲正在厨房的水槽边剥豌豆，她也朝外看去，并笑了起来。我们是安全的；外面没有什么能伤害到我们。

那个地方代表了我童年的奇迹、我父母转瞬即逝的幸福、我对生活永恒的笃信，这一切就在与我母亲的家庭亲密接触的日常生活中。在我曾外祖母旧宅所矗立的那一小块土地上，我们和外祖母居住在此，与我的伯祖母休格比邻而居。尤金妮亚·迈克吉生了七个孩子，住在一幢未曾粉刷的维多利亚时代的朴素宅邸中，宅子外曾环绕一圈游廊，很早以前就已被拆毁。

只有五个孩子长大成年。尤金妮亚去世的时候，我外祖母还是个小女孩，于是，这片土地传给了她和休格，这两个还活着的女儿。她们的房屋如今伫立在这儿，隔着曾经是一片牧场的公路，与她们的兄弟——我的伯祖父桑——为他的妻子丽兹建造的房屋遥遥相望。

环绕着我们的是一个更宽广的辐射区，其居民与我的长辈一同长大，和我们一样，他们中许多人的家族史能追溯到城市的这一小片被叫作北格尔夫波特的地方还是奴隶安置所的时候。这儿有门诺派传教士建立的社区活动中心，我在那里上游泳课；有一间麋鹿俱乐部开办的旅舍，从 50 年代起，伯祖父桑就是那里的会员；还有几座教堂和同样多的夜总会和小酒吧，包括桑的猫头鹰俱乐部，我母亲还是个小女孩的时候，就在那儿帮忙为自动唱片机挑选唱片。周末，我外祖母在俱乐部后厨打工，烹饪秋葵、红豆和大米。还有一个供桑的棒球队比赛的棒球场——我父亲是投手，场上唯一的白人球员。

桑又高又帅，完美的牙齿上方蓄着胡须，他说话的时候牙关紧咬——仿佛齿间总是叼着一根雪茄。他穿着雅致的绑带鞋，有精细棱纹的汗衫和带折缝的长裤，即便在他修剪草坪的时候也这么穿。他肤色浅黑，浅到可以被认作白人，附近的人们嘀咕他的出生，推测一个名叫格里斯沃尔德先生的白人——这个社区最初以他命名——是他真正的父亲。受让人将北格尔夫波特的大部分土地传给桑，他的出租房如今就建在那里。

他的妻子，丽兹伯祖母，也是浅黑肤色。她身形高大，当她将我拉到怀中，我就会陷入那枕头般的肉体，和她扑着白色爽身粉的胸部散发的香气中。50年代时，为了能在离她不远的地方工作，桑把夜总会建在他家的房子附近。他的凯迪拉克就停在二者之间的车道上。和附近大部分房屋不同，他们的家里开足了空调，丽兹伯祖母让室内冷得像殡仪馆，蕾丝窗帘拉得严丝合缝，以抵挡下午的炙热。一本巨大的圣经摊开在阅读台上，在耶稣、肯尼迪和马丁·路德·金的肖像下方。一些傍晚，当桑和我父亲坐在前厅，女人们则环坐在屋背后的厨房餐桌旁谈笑，而我躺在他的脚边，吸入雪茄令人陶醉的气味，看到水晶玻璃杯里波旁威士忌漩涡的闪光，听着他的声音，轻快而低沉。

休格伯祖母的家是一幢由砖石砌成的带凉台的低矮小平房，一个带百叶窗（jalousie windows）的掩蔽壕——妒忌窗（*jealousy* windows），她这样称呼它。"那只狼气坏了，它进不来。"她在芝加哥工作了25年，退休后才盖了这幢房子，回来的时候我刚好出生。她的第一个任务是检查我的头颅是否生得完整，并非仅仅为了美观，而是由于坚信正确的头颅形状有益于知识的获取，于是，休格每天花一小时用油按摩我的头部，仿佛她是个雕塑家。

休格出生于1906年，比我外祖母大十岁，在她母亲死后养活了我外祖母和更小的几个孩子，负责他们的教育，也关注他们的精神启蒙。那会儿，附近只有一个凉亭供人们聚集，于是休格兴建一座教堂，根据我家族的传说，它就是日后的奥利弗山浸礼会教堂，正与我们那一小片土地隔街相望。虽然她结过一次婚，但我从小到大都以为休格是个老处女——要么不再对男人感兴趣，要么仅仅是不想安定下来，如她自己所言，和某个"不愿工作的人"安定下来，后者不配成为她的伴侣。"绝不要嫁给一个受教育比你少的人，"她反复对我说。

在我听闻的关于她的故事里，她是家族的女英雄，挺身反抗所有人，包括白人，总是对他们惯常的污蔑反唇相讥。有一次，当她还是少女的时候，一个从门前路过的白人男子朝她喊道："嘿，姑妈"——白人对所有黑人女子都这么称呼。她旋即回答："我兄弟究竟什么时候娶了你母亲啊？"——她的猎枪就支在门内。

休格有六英尺（约1.83米）高，瘦而结实，她纤长的手指适合在教堂里弹奏钢琴，也适合用钩针编织缎带。一旦我长大到能举起自己的小小钓鱼竿，她便几乎每个周末都带我去格尔夫波特的码头钓鱼。周末早晨，我们会在太阳升起之前起床，在两幢房子之间的庭院里抓虫子。我举着手电筒，看她将细长的手指戳到柔软的黑土里，把虫子一根根拖出来。在码头上，除了她低低哼唱的声音，我们坐在一起一语不发。不时地，她将烟液吐到杯中。为了培养钓鱼所需的耐心，她教我首先在房子旁边的水沟里捕捉小龙虾。我学会了将一小块肥肉用安全别针系在一条线的末端，在泥水里拖拽它，一边密切地注视，虽然我知道，我看不见有什么正伺机咬饵。

休格的语言与我父亲的不同，但也充满了习语和譬喻。她会在教堂里让我小声说话，要求我"安静得像老鼠在棉花上溺尿。"每一个秘密始于保守者的"缄默不语"。她给她的小狗起名为托比，据说这个词是代表守护的符咒，我开心极了，我相信她拥有魔法，是一个可以改变自己外形的巫师。她喜爱圣经里的赞美诗，时常在做日常事务的时候吟唱它们。许多年以后，当痴呆症让她无法像常人一样说话，她会以赞美诗的旋律将她的意思吟唱出来。早在我们觉察她的病兆之前，休格每天会出现在我家后门，冲着纱窗哼唱我的名字，她摊开的手掌递给我三颗未熟的无花果：一份礼物。*等待，耐心*，它们似乎在说，*甜蜜将会到来*。无须语言，她教会我比喻事物的力量、它们意味深长的并置。

在美洲山核桃从后院的树上坠落时，我们一起采集，在鸟儿啄食无花果和柿子前捡拾它们，在每一个季节存下一罐罐果酱。有些时候，她拖出蒙尘的医学书籍，向我展示她在芝加哥的一个实验室工作时参与的研究和实验。我流连在那些照片里，她身着白外套，俯身向煤气喷灯或弯腰检查实验用的试管。她的故事里充满了发现的兴奋，我想象着那混合在一起的不同物质、火的运用，和一只敏锐的眼睛的观察及共同作用下揭示出来的秘密。在她的客厅，科学与占卜融为一体。她解读征兆，通过我皮肤上的雀斑预测未来："手上有痣，靠手吃饭；脖颈上有痣，靠嘴吃饭……"那些下午美好而缓慢；在下午茶时间，她用冰茶和黄油三明治招待我——褐色的面包边切下来，浸在掺了糖的牛奶里。所有的时日甜蜜如斯。

————

沿着街道、海湾和船岛沿线从北向南，通往老49号公路旁的杰克森市。在离我外祖母家数米远，与她家宅前车道侧面相接的，是新49号公路。繁忙的四车道横跨从前的牧场。夜晚，我能听见火车从某个方向驶来，经过十字路口时发出悠长的汽笛声，另一边则传来大型拖车的轰隆声，它摇撼地面，让我们的窗户嘎吱作响。我们的弹丸之地，安顿在这二者之间，在我孩童的眼睛里，却显得无比旷远。

虽然高速公路把我们与桑和丽兹隔开，但我们能清楚地看见他们厨房的窗户，每个清晨目睹百叶窗卷起，窗帘拉开——只要维持到薄暮时分，这就是屋里人一切安好的信号。许多年来，我的夏日时光就在这些房子之间跳跃，有时候和休格伯祖母共进晚餐，一起打发无尽长夜，有时候穿过49号公路去拜访伯祖父和伯祖母。我母亲作为唯一一个在他们中间长大的孩子，她也做同样的事，并且教会我如何在他们家门口宣告自己到来：敲门密码为她而设——在休格房门上快速轻拍，然后站在桑和丽兹家门廊上喊一声*哟呼！*长辈们溺爱我，就像溺爱她一样，我喜爱从他们每个人那里受到的特别关注，和那亲密关系的小小飞地带来的舒适感。

附近没有与我年纪相仿的孩子，大部分时间我独自一人。我不在游戏室里玩耍或独自外出游荡时，便安静地和成年人们坐在一起，观察和聆听。通常是来

自我外祖母的教堂里的妇女们，女士志愿队，她们颂
唱祈祷文，讨论《圣经》里的经文。我最爱看的是我
的母亲。拂晓，在我离开家去学校之前，她已早早起
床，坐在梳妆台前挽起她的头发。周末，我会看着她
梳妆打扮，傍晚和父亲一道出门。她高挑而优雅，佩
戴的珍珠耳环在法国铜丝上摇荡，或是一对黄金耳圈，
在她扭头时拂拭她的双颊。有时，她佩戴一枚贝壳，
正好嵌在咽喉的凹陷处，由一条黑色丝绒项链固定。
颈背优美的曲线让她瞧起来更加纤细，仿佛再多的盔
甲也无法庇护这样一个柔弱的地方。

————

当我开始和父母一道出门，迈出北格尔夫波特的
地界，去商店或者电影院时，我留心到白人对待我们
的方式。我父母是一对璧人，这已足够让人侧目，但
在 20 世纪 60 年代末、70 年代早期的密西西比，国家
法律才在海岸地区生效没几年，全州的学校尚未完全
废止种族隔离政策。前任州长罗斯·巴涅特严密监控
跨人种的行为，自从我外祖母试图将我父母于 1965

年结婚的消息刊布于当地报章后，她也登上了黑名单。种族的区隔一如既往，它不被法律鼓励，却因习惯而维持，而我父母和我在许多地方都遭遇了大量的敌意。

我能在我们碰到的白人脸上看见它——即便那些更友善者只是摇摇头，咕哝道，*多可爱的小东西；可惜她是个黑人*；另一些人则一边瞪视我们，一边咬牙切齿。有时候，这敌意变成公开的威胁：有人从伍尔沃斯商场尾随我们到停车的地方，我母亲紧攥着父亲的胳膊，以免他转身和背后那个男人干起架来；另一个人驱车缓慢地驶过我家宅院，狠狠地盯着坐在门廊上的我们；有三四个男人在我父亲回家途中在码头上与他搭讪，问道：*你有什么毛病？为什么和黑鬼住在一起？*

我母亲和外祖母向来生活在此种关注之下，早已习惯了监视和恐吓：一串车前灯在夜里探照窗户，大白天开车路过的白人男性带有性暗示的呼喊。50年代末、60年代初，我外祖母曾收留了几位门诺派传教士，他们来北沃尔夫波特教书，为穷人修葺毁坏的房屋，并为社区服务。这些白人传教士会在她的房子里一连居住几个星期，而他们的存在和他们所做的工作很快为本地白人所知。首先是一次炸弹威胁，目标是我母亲也参加了的圣经夏令营，门诺教传教士们认为这个夏令营能促进种族融合。接着，三K党人威胁炸毁街对面的奥利弗山浸礼会教堂。我外祖母并未退缩，她开始在睡觉时把一支手枪放在枕头底下。尽管危险重重，她坚信自己必须做这项工作，必须敞开门来帮助他们。她把它称作"一种道德义务"。

虽然我母亲和外祖母以相似的坚韧克己的态度面对这一切，她们应对的方式却有所不同。我母亲反对枪支和肢体冲突；而我外祖母把枪支视为必须，无数次告诉我如何对付一个潜在的入侵者："首先开枪警告，"她说，"如果他们执意闯入，瞄准腿部，将他射伤。"

这些话让我第一次意识到，我们可能面临的危险并不只存在于我们紧密相连的社区之外、那些房屋的半径之外，而是可能直接来到跟前，来到我们的庭院里，甚至就发生在家门口。虽然我年纪太小，记不起三K党人在我家车道焚烧十字架的那个夜晚，但这个故事我听了一遍又一遍，那个夜晚在我的记忆里就像亲身经历的一般。我目击它如同观看纪录片里的一个场景，一切缄默无声，唯有窗户里的金属盒鼓风机像一台陈旧的电影放映仪，发出飕飕声响：

　　那几个男人在晚饭后很久才来：我父母还一同坐在书房里看电视；我外祖母和查理舅舅在厨房里洗最后几只盘子。现在他们都已经死了，我看见他们在屋子里像幽灵一样移动。在这个故事里，即便我也是一个幽灵——一个尚未记事的还是婴孩的我，我那不可思议的脸还和我父亲的一样白。外祖母从百叶窗的缝隙向外窥看——七八个男人穿着雪白的长袍，扛着一座真人大小的十字架；母亲在卧室里照看我，遮光窗帘被拉上，除了角落里防风灯微弱的光，屋里的灯全熄灭了，我们沉浸在黑暗中；我父亲和舅舅手持来福枪，安静地在前厅等候，而屋外，火燃起来了。

　　在我外祖母的家中，回忆并详述这个故事，意在确保我未来的安全，通过它带来的知识、警戒和某种超强的意识而获得保护：当我听到一种特殊的南方口音，颈项背后发根直立；当我看到南部联盟的旗帜，或一辆在路上尾随临近的卡车上的枪架时，不由得脊背发紧。

———

在我们大家庭的紧密圈子里，由于他们对我的日常生活的密切干预，我受到了很好的庇佑，隔绝于种族威胁和暴力，哪怕周遭动乱频仍。伯祖父桑为密西西比启智计划驾驶校车，早晨第一个接我上车，下午最后一个送我回家，这样一路上我都有他做伴。我母亲也在启智计划负责行政工作，她的办公室就在我上课的天主教教堂旁边。自打我从医院回到家里的那天起，我外祖母就辞去了城里纺织品工厂的工作，在家里当一名女裁缝，她那张宽大的裁剪桌和缝纫机正好在我的游戏室旁边，这样她就能在我父母下班前照看着我。

有时，放学后，我躺在剪裁桌下宽大的搁板上，在剩余的布料堆里蜷缩起身子，和她一起听电台节目：*埃勒里·奎因*[①]: *黑暗的阴影*——我现在才意识到，那应该是同名热播电视剧的无线电重播。她会告诉我她

———

[①] 美国推理小说家曼弗雷德·班宁顿·李和弗雷德里克·丹奈表兄弟二人使用的笔名，他们开创了合著推理小说的先例。

少女时代的故事，似真非真地回答关于我那缺席的外祖父的问题。在她首次离家，与新婚丈夫一同前往密西西比北部旅行的故事中，外祖母描绘了她透过汽车窗户看到的："道路两旁，是种植白色剑兰的原野。"我如今领会了故事里沉默的天真与哀伤：由于从没见过棉花种植，她将意味着奴隶和小佃农艰辛劳作的植物误认为象征荣誉和记忆的花朵、角斗士之剑、游乐园高耸的花坛。那一刻，她尚不明白关于她婚姻的真相。她告诉我，在那次旅行中，一切都与最初看起来的不同。在我童年时代所充斥的关于神话和警示故事带来的教训里，这仅是其中之一。

———

那么多亲戚围绕着我，这让父亲惯常的缺席变得不那么惹眼。就好像自然规律一样，他消失一段时间，短暂出现，然后再度离开。我出生一年之后，他接受了在加拿大皇家海军担任军官的委任，在不列颠哥伦比亚省接受了初始培训。1967 年和 1968 年的大部分时间，他都待在一艘名为*百年纪念*的驱逐舰上，为纪念加拿大建国一百周年而在全世界巡游。我拥有的我们为数不多的三人合照，是一张 1969 年在我外祖母书房里拍摄的正式肖像照。这是我们作为一家人拍摄的最后一张照片——我父亲坐在木质扶手椅里，我母亲斜坐在椅子扶手上，修长的双腿交叠在一起，我在他们两人中间，搞怪地穿着一条绿裙子。如今，我在那张照片里看到了我外祖母的纪念愿望。我们的大部分照片都是随意拍摄的快照，唯有拍摄这张时，外祖母请来一位摄影师。最高法院在洛文诉弗吉尼亚州一案里判决禁止异族通婚的法律不合宪的两年之后，她仿佛希望在这片我们依然被视为异数的地域，用一张专业的照片来彰显我父母的结合，以及我们家庭的合法性。

为我们拍照的摄影师是一位双侧截肢者。虽然母亲告诫我别盯着他看，但我还是忍不住偷偷瞟向他膝盖以下原本应是胫骨的部位。当他用手抓挠其中一支被截去的小腿周围的空气，我好奇极了，直愣愣地瞧着，这被他察觉到了。他定已习惯了孩子们粗鲁的好奇心。他俯身向我，窃窃私语般地说："我还能感觉到它，虽然它已不在那儿。"在照片里，你能看见我母亲用她的食指摁住我的手臂，仿佛要在我身上留下她可见的印记。我直视摄影师，看向一种关于缺席、关于幻觉般疼痛的新的概念——全然不知一个人将如何强烈地感受到它。

———

我父亲想的却是另一种纪念活动。在洛文案结束以后，他希望到肤色差别不那么引人注目的地方旅行，在那里，我母亲也许能喘一口气。我父亲无视她对跨越一千公里长途旅行的担忧，买回一辆二手的林肯大陆，将我们载向墨西哥。对于看起来无尽延伸的柏油路，以及当我在后座上昏昏欲睡，那修长的车身如何漂浮般行驶在道路之上，我只有模糊的记忆。我们向太阳的方向行驶，它当空悬挂，又低又沉。这时离他们的婚姻结束还有三年时间，但在一起的最好时光已被抛在身后，在逐渐暗淡下来的远处。

那次旅行中，让我记忆犹新的是我在旅店游泳池几乎溺死的经历，它和其他创伤事件一道，在头脑中描画出一幅关联性地图。我父亲总是在读书，所以我想象当我扑通一声跌进浅水区的时候，他一定是回到室内取某本书籍，把我母亲一人留在游泳池边。我不记得自己是如何意外地挣扎到深水区当中的。在我漂浮于水中的漫长的一刻，透过水面，头顶高悬的太阳几乎不可见。我不记得在下沉的过程中是否感到害怕，只是对透过奇妙波动的镜面所看到的一切感到迷惑不已：我母亲不会游泳，她倾身向着游泳池边缘——双臂伸展——努力想抓住我。她和太阳在一条线上，没被她身影遮挡的部分在她脑后射出光芒，这使得她的脸像环状日食，深黑周围环绕着一轮光圈。

只有一张照片记录了那次旅行。是我的单人照。我坐在一头骡子上，身后的远方重峦叠嶂。相片背面，是我父亲优美的字迹："塔莎，蒙特雷1969。"我如今明白了，在我幼年时代的所有照片当中，这一张，是我的父母以他们各自的方式，展示他们想让我知道的东西。把我放在骡子上是父亲的主意——我父亲，或许忘了他自己的关于畜牧业的比喻，曾在一首诗里称我为*杂种*。这张照片或许是他的一个语言学玩笑，一个视觉的恶作剧：混血孩子骑在她的同名物上，骡子

(mule) 一词本就源于*黑白混血*（*mulatto*）。

我母亲十分明白这视觉隐喻的含义，难以因此发笑。他们能达成一致的仅仅是我需要理解这一点：*你在科学中不安全；你在历史上不安全*。无论她从前有过什么希望，当他们刚刚坠入爱河，以为爱足以对抗我将面对的所有种族主义的挑战，这个国家彼时已让她见识了相反的一面：单靠爱本身无法保护我。她知道，作为一个混血儿——他俩折衷的产物——我终将在通往自我认知，以及对自我在世界上位置的认知道途上孑然一身，因出生在隐喻的脊背上而携带着历史的无形重荷。她同样也知道，语言将被用来命名我，也会用来限制我——*杂种狗，黑白混血，混血儿，黑鬼*——正如坐在骡背上，我将既被它约束也受它驱使。我母亲只希望我不被它摧毁。

———

在那次旅行之后，我父亲开启了他的全日制研究生学业。他整整一周不在家，与另一位研究生同学在新奥尔良合租一套公寓。虽然我想念他，却把对他的思念化为对母亲的暴躁无礼。我依赖她就像一个单亲家庭的独生子，把注意力全部聚焦在她身上——时而霸道占有，时而孤僻沉默，仿佛克制能让我从她那里得到更多的爱。

周末，我父母轮流开车探望对方。从格尔夫波特到新奥尔良不过一个多小时路程，虽然我们已去过多次，我母亲从未搞清楚如何从公路进入城市。她会在新奥尔良法国区驶离 1-10 号公路，我父亲就在斜坡的尽头等着我们。我看见他竖着大拇指，做出搭车的姿势，有一瞬间觉得他仿佛是一个陌生人，一个我母亲在她不熟悉的地方停车去帮助的家伙。即使她对自己的出生地有过任何牵绊之感——任何亲近或憧憬之心——她也从未用语言表达过。有时候，我觉得那就是她沉默开始的地方，仿佛她将一段受伤极深，或羞于传递给我的往事，锁闭在一个盒子里，一个名为"古老广场"的界限之中。

————

这是我所知道的：格温多琳·安·特恩博 1944 年

出生在新奥尔良。那一年的 6 月，当她呱呱坠地时，我的外祖母年近 30 岁，正在一所美容学校里学习做一名美发师，她居住在靠近港口的法国区，她的丈夫拉斐尔所在的海军部队从这个港口起航。在我外祖母的叙述中，医生到来之前她已经临盆了，于是她独自一人生下了我母亲。此后半小时，她和新生儿并排躺着，脐带依然将她们连接在一起，直到医生到来，将它剪断。在母亲去世许久之后，我外祖母还描述过她在肚脐上感到受的疼痛：在曾经连接她俩的地方感到的幻觉之痛。

　　这个故事剩下的部分带着它的预兆性。我外祖父在我母亲诞生前两天离家远航，而在一周之内，他的母亲纳绪索斯就从密西西比来到新奥尔良，为新生儿验明正身。这里，纳绪索斯的角色又一次进入了我们的家庭神话——此番是一个虚荣而具有肤色偏见的妇女，她看上去肤光若雪，难以置信她的儿子娶了一个我外祖母那样的黑肤女人。纳绪索斯·特恩博希望从我母亲的脸上见到她自己。同样，她想知道我母亲是否拥有特殊的家族徽志：一个她传给所有孩子的后脑勺上的红色胎记。我母亲确实有那样一个胎记，然而，纳绪索斯并未因此确证两人之间不可磨灭的血缘，她瞥了一眼我那棕色皮肤的母亲，扭头走开。

除开纳绪索斯的排斥，我母亲似乎出生在一个幸福家庭：一个爱她的妈妈，在海上焦急等候消息的爸爸。在不久之后拍摄的一张母婴合照上，我外祖母笑逐颜开，牙齿洁白齐整。她坐在户外的柳条椅上，将襁褓中的婴儿举向自己的脸颊——一个满溢着幸福的举动。但照片也暗示了另一个故事。我能从拂拭着她脚踝的高高的青草上看到它，草叶弯折宛如被风驱使。我能听见来自民间的告诫，仿佛熟悉的低语从相框中传来：*别让你的脚下青草蔓生*。在我母亲出生近一年之后，我外祖母得知拉斐尔另娶了一个妻子。那时她已无可奈何，只能起诉离婚，打点好行装，抱着我母亲乘火车返回密西西比。若我外祖母读懂了那些预兆，她或许能预见这一切的到来，或许能早些知道，一切并非如看起来那般。伴随她婚姻开端和结尾的，都是一段旅程，她透过车窗凝望世界飞驰。

在那以后，我母亲仅见过她父亲一次。根据我外祖母的说法，在我母亲 16 岁的时候，她决定她得与他相见——也许是为了质问他为何抛妻弃女。那时候他住在加利福尼亚州，依然和那个让他犯下重婚罪的女人在一起。我外祖母让我母亲独自一人登上了前往洛杉矶的火车。她去了一个多星期，回来以后，无论对外祖母还是对我，都绝口不再提她的父亲。

我从小就知道这个故事，知道我母亲的人生始于抛弃，知道她在那次旅行中重温了它，而一个恒久的提醒伴随她的成长：在我外祖母的宅邸里，狭长的走廊尽头，门背后挂着一张拉斐尔·特恩博的肖像，那是法国区的杰克逊广场上一位街头艺术家的炭笔速写。我外祖父身着美国海军制服。他英俊非凡——高高的颧骨，棱角分明的下巴，丰满的嘴唇——这些也被我认作我母亲的容貌特征。也许，正因为此种相似，我外祖母从来未能摆脱那幅肖像。虽然她让它远离视线，可它还在那儿——他的缺席在这幢房子里徜徉不去，仿佛每天都在背叛他的妻子和女儿。每当我穿过大厅的走廊去往书房，在梦中所见的门槛处，我也会被提醒。

———

在新奥尔良，我母亲和我鲜少单独出门。偶尔，当我父亲在学校办公室或图书馆工作的时候，她带我到市里购物。我们会从我父亲位于图兰大学住宅区的公寓搭乘有轨电车一直到圣查尔斯大街。我母亲喜爱圣查尔斯沿街的高楼大厦、它们雪白的立柱和掩映在葱翠的灌木与鲜艳的九重葛之中的阳台，铁质的栅栏上覆盖着黑色的鸢尾花。在电车上，她不时从正在阅读的小说中抬起头来，将她中意的事物指给我看。我惊讶于闪烁的汽油灯里永恒的光焰，以及玻璃窗后容纳这火焰的精致铁笼，好奇住在这雅致房屋里的人们过着怎样的生活。

在市中心，我们从未冒险进入居住区，而是一连数小时流连在运河大街上的百货公司：玫颂百货、戈德肖百货、D.H.霍姆斯百货。我母亲研究女式服装的陈列，然后我们步行到运河大街上的一间杂货店购买《时尚》或《巴特瑞克》杂志，以此为图样在家中缝制裙子或西服。她的衣橱里挂满了她和我外祖母缝制的衣服，我喜欢它们的质感，以及它们以某种方式保留的她身上的一丝芳香。通常，在与我父亲玩捉迷藏的时候，我会蜷缩在衣橱里，呼吸来自毛呢和薰衣草小香袋的质朴的气味。

当她摊开图样，将它们钉在布料上，用一把粉红色的剪刀依轮廓剪裁时，我便独自外出，探索我父亲公寓周遭的世界：毁坏的、弯曲变形的人行道，古橡树裸露的根系，悬挂式空调的滴水，黏着在铺路石上的青苔潮湿的气味，越过它，我能辨识出鼻涕虫留下的褪色的印痕。一天下午，就在一条街以外，我赶上了一群年纪与我不相上下的孩子。他们正在举行生日派对，当我缓慢路过，满心希望他们邀请我进入庭院玩耍，其中的一个大个头男孩指着我喊道："斑马！抓住她！"他第一个冲到我跟前，猛地推搡我，我反手把他推倒在地，扭头逃开。于是，那十多个孩子开始追逐我，一直追到街区尽头。

此前我从未把这个词——*斑马*——与我自己联系在一起。我坐在父亲公寓门前的阶梯上，琢磨这个隐喻，我决定不告诉父母刚刚发生了什么。我自以为在保护他们吗？或者，有什么别的东西促使我缄口不言？我并不为自己感到难过——我反击了——但我莫名地知晓，我得独自保守这个秘密。

因为从我记事起，我父亲就反复告诉我，有一天我将成为一名作家，因为独特的经历，我将有一些不得不说的话。当我回顾那个时刻，我似乎第一次略微懂得了我父亲的意思。我独坐良久，凝视一只黑色鼻涕虫在我面前的人行道上蜷曲身体，像一个逗号。

———

不知过了多久，我们去新奥尔良看望父亲的次数越来越少。现在看起来，我父母大抵为了我的缘故才相互拜访，或许是为了让我对他们即将到来的分手和离婚做好准备。*你拥有两个世界最好的部分*，他们安慰我。而这永久的分离意味着我将拥有*两个家*。在我们最后的几次拜访中，我父亲画了一张画：那是一幅没有比例尺的地图，显示的是新奥尔良、密西西比和亚特兰大之间的道路，路上来来回回的箭头形成一个旅行的环线，定义了我们作为父女的人生。画面底部是他的住址，旁边是一个卡通小人儿圆圆的脑袋和双手，你只能看见他的眼睛和上半张脸——仿佛他正从地图边沿窥探，寻找我所在的位置。每一次，当我父亲给我写信，在信纸的某个地方都会有那个小人儿，一个替代物。

过了很久我才意识到，我是如何全盘接受了我父母关于我处境的叙述，以及他们坚定的信念。在我人生的大部分时候，我都告诉自己，他们的分开并不困扰我，即便在当时，我也处之淡然。如今，我发觉这是这么多年来需要向自己讲述的第一个故事。

那段时期的最后一批照片，其中一张是我与母亲的合影，拍摄于我们离开密西西比的前一年。也许我父亲在那儿，在镜头后面，也许他不在。照片里，母亲和我都穿着紫色的衣衫：她的佩斯利涡旋纹花呢裙子，我的天鹅绒罩袍。她刚开始梳一种非洲式发型，头上盘绕淡红色发圈。我们在外祖母家的客厅里，她坐在一张宽大的、铺着软垫的椅子上。我站在她身边，趴在她的肩膀上，我俩的脸颊几乎挨在一起。她侧过脸来，慈爱地看着我，而我微笑着，矜持地将眼睛从她身上移开。一个心形项坠悬挂在我裙子的衣领上，"这是你的脸的形状，"她说，双手将我的脸捧住。

照片上有一处瑕疵，在她的脸庞正中有一块白色斑点，看起来她似乎已经开始消失。如果你繁衍那块斑点，在此后的十二年里，每年使它的面积扩大一倍——从我们到达亚特兰大那一年开始，直到她离世：留下来的只有她的影像曾占据的那块地方，一个空洞，像她的非洲式发型，或者太阳的形状。

2. 终点

　　长久以来，我一直试图尽可能地忘却1973至1985之间的十二年。我想摒弃那部分过去，这是一种自我重塑的行为，通过它，我希望自己仅仅由刻意选择的往事构成。我决定将我母亲和我离开密西西比的那一年标记为*结束*，将丧失的那一刻——她的死亡——标记为*开始*。

　　这两个年头就像我彼时放在书桌上的一副书档：两个小小的球体，印着深褐色的世界地图，支撑几本我最喜爱的书籍——《呼啸山庄》《了不起的盖茨比》《八月之光》。在我刻意的遗忘里，我摧毁两片书档之间的距离，我的美好童年结束的那一年紧贴着我突然踏入的崭新世界，作为一个没有母亲的孩子。1973年和1985年相依而立，它们之间没有书，没有写在纸页上的我不忍记忆的故事。但在故意忘却中存在着危险；太多东西可能丧失。它让我在最需要的时候回忆母亲变得愈加困难。

当然，我们所遗忘的，我们试图埋葬或压抑的，也是构成我们的一部分。一些遗忘是必须的，头脑借此为我们抵挡过分痛苦之事；即便如此，某些创伤依然留在体内，并能够出人意料地再度浮现。即便当我试图埋葬过去，那些已遗忘的岁月的点点滴滴仍不断闪回，不请自来地出现在脑海里。这些记忆，一些是侵犯性的，另一些可爱温存——像小径上伫立的路标，如今看起来具有更为重要的价值。当我沿着它回溯，试图寻找到富有启示意义的一刻，寻找有什么正在开始运转的证据，我才发现它是一条记忆之路。在我母亲和我刚刚搬到亚特兰大的几个月里，便有一个类似场景：

　　那是冬天，傍晚早些时候，我看着她脱掉上课穿的衣服，换上工作装。从我的房间里——那是她卧室旁的一间储藏室，刚好容下我那张单人床——我可以看到她。我在回家路上为她摘的黄水仙在梳妆镜里照出重影。我看着她，当暮色西沉，我头顶小窗外的街灯渐次亮起。公寓里应该还有别的人，在她离开后替她照看我的人，但我不记得了。我只知道我将沉入梦乡，而清晨时分她将再度出现在我眼前。因此，我直到她离去后才入睡，看着她身着亚特兰大地下城鸡尾酒女招待的制服：黑色紧身衣和牛仔裤，沉甸甸的黄铜腰带低低地栓在纤细的腰肢上。如今我清晰地回想起来，我年轻的母亲弯腰亲吻我，腰带上冰冷的金属拂拭我的双手，她的身体被环绕在象征她堕落的事物当中。

———

　　1972 年夏末，我母亲和我永远离开了密西西比。当她跟随收音机轻声哼唱，我望着松枝在车窗外倏忽掠过。在我的回忆里，她唱的总是同一首歌，诱惑乐队①的《那只是我的想象》，虽然我知道我一定记错了。这首歌在1971年首次发行，不那么经常播出，尤其不会在长达一天的旅途中反复播放。在我们离开之前，我曾无数次见她哼唱那首歌，在熨衣板旁扭动腰肢，而夕阳从背后照亮她的身形，即便现在，我也将她保留在相同的瞬间里——她将唱针一遍遍地放到电唱机上。这是我仅有的，她看起来栩栩如生的画面之一，没有大部分记忆中笼罩着她的那层阴翳般的帘幕，透过那层帘幕，我不得不看见并洞悉一切。仿佛未来已经摆在我们眼前，仿佛命运已等候在我们正愉快驶向的那片地域。

早在我出生之前，我母亲已在考虑离开密西西比。在她写给我未来父亲的信里，她哀叹自己出走的愿望

---

① 成立于1961年，由美国底特律摩城唱片旗下两支本土乐队男声合唱组经过一番合并、重组、更名后才产生的一支黑人合唱团。在种族歧视观念高涨的时代，他们的音乐成功穿透种族主义的桎梏，形成一股缓和种族矛盾的文化力量。

落空，因为在密西西比有那么多增进种族关系、为黑人争取更多机会的工作要做。"我想挣脱这里，"她写道，"但我知道，我的州需要我。"1964 年夏末，我母亲搬去更好的地方居住的愿望已经超越了她留在密西西比的心愿。置身密西西比之外，在南部附近几个更大的城市，远距离目击那些历史事件，于她乃是大开眼界。她寄回的一张明信片上，城市熠熠闪亮的天际线映衬着夜晚，她给我父亲留言："亚特兰大趣味无穷，"她说，"提醒我跟你详述……"

毫不奇怪，她会被作为新南方崛起之象征的亚特兰大城所吸引。在民权运动的年代，亚特兰大因种族问题上的激进态度声名卓著，而随后在 1960 年代的社会动荡里，它又被城市领导者毫无反讽意味地昵称为"一个太忙碌而无暇憎恨的城市"。然而，在那以前的很长一段时间里，它拥有另外一个名字：1837 年建立的亚特兰大作为"铁路的尽头"诞生。作为计划中的铁路交汇点，"终点"是它最初的名字。

我回想起我们到达的那一刻。行驶了一整天，汽车后备箱负载着我们所有的财产，几乎拖拽着在路面上前行。当我们沿着第 20 号州际公路来到城市远郊，亚特兰大的天际线仿佛突然之间从树林上方升起。在薄暮倾斜的光线中，它仿佛明亮的天空下一块二维的幽暗剪影。如果我母亲看到的是类似于明信片上的理想画面，那这正是我俩对于这段旅程叙述的分歧所在。在给我父亲的一封信里她的描述是乐观的："旅途顺利，"她写道，"只花了八个小时。"此外无他。可在我的记忆里，那段旅途绝非她所描述那样轻省。相反，困扰我的却是这样一幅景象：浓烟从汽车的引擎盖里翻滚而出，朝着亚特兰大的天际线飘荡。我知道这发生过，但发生在几时？或许，那些年的创伤让我折叠了时间，将到达之后几个星期内发生的事件叠合在一起。又或者，我母亲隐藏了她的真实境遇，她已习惯如此。在这件事上，我可以想象原因：我父亲经常催促她进行车辆保养、换机油并保持液位。她不愿让他知道自己并未做好恰当的防护，尤其在与我一同踏上漫长的旅途之前。

这是我所记得的：我母亲熄灭引擎，紧握方向盘让汽车滑向高速公路的边沿。车停下来，我看见她在胸前画十字，嘴唇安静地翕动。一个我熟悉的姿势——我曾看见启智计划的修女们这样做——但我不明白为何在浸礼会教堂里成长的母亲也这样做。十多年后我才知道，她转信了天主教。虽然，在此后的岁月里，我将经常看到她画十字的动作：我想那更多算一种护身法宝而非祷告。

我们背靠护栏站着等候援助，似乎等了很久。我母亲让我紧紧偎依着她，而汽车在我们身边疾驰而过。她穿着我喜欢的那套酸橙绿的连身衣裤：短裤，一条宽腰带系在她纤细的腰肢上。这让她看起来像漫画书里的女英雄——神奇女侠和路易斯·莱恩[①]，亚马逊复仇者和聪明的事业女性的混合体，内心爱慕着从天而降、拯救世界的超人英雄。那一刻我紧贴着她，脸颊压在有罗纹的衣料上，向着城市遥远而多丘的地带扬起头。当浓烟缓缓飘向天际线，我难以抑制地想到，我们所拥有的一切，随时会被火焰吞噬。

---

① 美国 DC 漫画旗下虚构的女性人物。

———

　　或许这就是头脑耍的诡计，努力让过去的一切变得有意义，努力去寻找一条叙事的线索，并解读——回溯——我们在当时没有留意的那些征兆。在我们离开密西西比前的那些日子，我时常哭泣，暗自希望我们可以不用走，希望某些事情发生以改变我们的计划，我们仍旧与外祖母同住，住在我父亲和那个大家庭附近。此刻，看着拖车司机和他的灭火器，目击我母亲的焦躁不安，我隐约感到自己对我俩陷入的困境负有责任，仿佛我的行为带来了坏运气。

　　我已然是个迷信的孩子：回避人行道上的裂缝；在我外祖母扫地时绕道而行，以免扫帚碰到我的双脚；如果碰到了，就向它吐口水；在伯祖母休格家的餐桌上打翻了盐罐，就把盐从肩头撒向背后；说某些固定语句以消除某些刻意行为带来的厄运——或者更糟糕——它因为我无意间做过的某件事情而到来。伯祖母休格说，所有这些"阻止了恶魔的脚步"。和许多孩子一样，我还有轻微的强迫症。我的玩具须得以准确的角度和相同的间距安放整齐。我对它们的位置谙熟于心，能一眼分辨它们是否被移动过。自从我学会系鞋带，我就执迷于对称，两根鞋带必须在松紧度上绑得完全一致。有时候，我一次次反复拆绑鞋带，只为尽善尽美。我开始感到，至少有某些东西可以由我掌控。

认知理论学家认为，普通的侵入性想法如果被错误地诠释，将导致执迷和强迫行为，而在这些行为、童年时代的迷信，以及离婚、搬迁、至亲去世等创伤造成的环境因素之间，或许存在着某种关联。我不知道我孩童时代的迷信是在哪一刻让位给某种更强烈的东西的。更有可能的是，它不是一个单独的片刻，而是一个逐渐积累、升级的过程，或许就在那个陌生城市道路边沿最初的惊心动魄的几分钟里，我的焦虑导致了错误诠解：关于灾难的想法。当我站在地上抱住我的母亲时，我伸出两根手指在脸上摹画从前额到鼻梁至嘴唇的轮廓线——一遍遍地，让手指在两侧的用力完美地平衡。我母亲在两辆拖车到来时画着十字，而我的动作看起来一定像是对她的拙劣模仿。

　　　　　　　　————

　　我们抵达的亚特兰大城正在经历着人口、社会以及政治方面的戏剧性变革。就在十多年以前，学校正式取消了种族隔离制度。曾经竖立在亚特兰大城西南部，阻止黑人搬入白人社区附近的路障被法院下令拆除，与之呼应的，是白人居民迅速逃向城郊。1960年，黑人居民占城市人口不到三分之一，但至1970年，他们已经占据了城市人口的一半以上。在一片曾经属于白人的领地上，我母亲为我俩找到了栖身之所：一幢双层公寓，靠近我即将报到的威尼斯山小学。

　　在1962年一张七年级的班级照片里，显示的全是白人的脸庞。到了1972年秋天，当我进入一年级学习，我的班级里却没有一个白人同学。我记得整个学校都没有。除了几个没有到郊区工作的白人，学校里的大部分老师都是黑人。那些留下来的，和新雇来的黑人老师一道，全心拥护学生的种族转变，并采纳了一套持续一整年，而非仅仅在黑人历史月使用的课程，其中包含美国黑人的历史和他们对文化作出的贡献。仅在十年前，在学校尚未废除种族隔离制度的时期遗留下来的《迪克和简》①读本，描述了一个没有黑人角色的世界。

威尼斯山小学的墙壁上装饰着杰出的黑人男女的肖像：伊达·B. 威尔斯、詹姆斯·威尔登·约翰逊、兰斯顿·休斯、玛丽·麦克劳德·白求恩。每天，当我们完成在书写板上拼写单词的功课后，便沉醉在他们的故事里。我们唱约翰·亨利②挥舞他的榔头，跟随我们的老师背诵邓巴的方言诗，挥舞双手表演约翰逊③的《创造》：*创造太阳剩下的余光／上帝把它集束于一个闪亮的球体／然后将它掷向黑暗／用月亮和星辰*

---

① 20 世纪六、七十年代被美国学校广泛使用的儿童基础读物，书中的主角是白人中产阶级家庭的孩子。

② 经典蓝调歌曲中的一名美国非裔民间英雄。据说他曾担任过"打孔人"——在建造铁路隧道时，将铁钎锤入岩石为炸药打孔以便炸开岩石。在与机械打孔机的较量中，他虽竭力胜出，却因高强度劳动而死去。

③ 詹姆斯·韦尔登·约翰逊，美国黑人诗人和民权活动家。他在哈莱姆文艺复兴时期以诗歌、小说和选集而闻名，是《扬声歌唱》的词作者，这首歌后来被称为黑人的国歌。

让黑夜清辉盈满。在学校里，我仿佛被另一群祖先环绕，无论他们离得多么遥远。沐浴着他们的余晖，我和同学们完全忘记了白人对待我们的态度，他们宁愿搬离附近社区，也不愿意送他们的孩子与我们一道上学。在集会上，老师们带领我们唱黑人的国歌《扬声高唱》，我们双手捂住心口，就跟唱《星条旗永不落》同样热血沸腾。

在亚特兰大，学校是第一个让我感到自在的地方。我可以只身在学校和校车站之间往返。那些下午，我一边蹦跳着沿路返回，慢吞吞做着白日梦，一边采摘道路两旁盛放的花朵，黑眼苏珊、黄水仙或白水仙。我母亲在公寓里等我。一切与在密西西比时并无太大区别，那时候，我父亲除周末以外都在学校待着：我和母亲两个人独自面对世界。

但我依然难以习惯这个陌生的地点。我的睡眠时断时续。两层楼的公寓显得大而空旷。在一层，狭长的楼梯背后有一块闲置的空间，夜晚，它看上去像洞穴的入口。这足以加剧童年时代的恐惧，它们在我离开密西西比之前就已在心中生根——总是担心某种可怖之物会在黑暗中显现。我的朋友德德和我都不敢长时间看向我外祖母幽深的壁橱内部，于是我们编一些有什么潜伏在那里的故事，并以此为乐。她会讲述魔鬼如何把人带到地狱门口，土地如何裂开，而魔鬼拽着你的脚踝将你拉进去，或者你如何穿过一道本不应穿过的门，发现自己已置身冥府。我们也玩血腥玛丽的游戏，拉起遮光帘，让正午的房间像午夜般黢黑。站在一面镜子前，我们轮流召唤血腥玛丽，念三次她的名字，以便她能够在镜中显形。最后一个音节尚未吐出，我们当中的一个便尖叫着呼唤圣克里斯托弗^①前来护佑，另一个猛地拉开遮光帘，让明亮的光线奔涌进来，以驱逐我们此前召唤的一切东西。

如今，远离外祖母的宅邸所提供的安全感，我已无法轻易驱逐那怖骇之物。夜里，如果我必须去洗手间，我会紧闭双眼，不去看黑暗中我母亲梳妆台上的镜子，以免从那里发现什么。我也不会下楼去厨房喝

---

① 同样受到天主教及东正教所敬礼的圣人，传说他曾经帮助耶稣假扮的小孩子过河，被尊为旅行者的主保圣人。

水，害怕看见有什么藏匿在楼梯背后。

我母亲决心帮助我适应新环境里的生活，让我快乐。一天下午，她心生一计，要把楼梯底下的空间装修成我的游戏室。我们没有试图将它变得敞亮，而是*利用*那黑暗——就像夜晚仍在工作的头脑：一个梦幻之地，充满创造力，丰饶多产。我们在跳蚤商店找到了所需的一切：一卷宽宽的黑色天鹅绒，长度足够覆盖天花板和这个狭窄空间的入口。我们用厚纸板和铝箔做成小星星，泡沫塑料制成的行星上缀满亮片，能够攫住最细微的光。她在门口悬挂标语：*星空下娜塔莎的房间*。

我拥有一张小桌子、一把椅子、一盏台灯和一个搁板，用来放置我的书和我所有的圣物：一枚顶针、一双木质线轴、我外祖母曾在教堂里使用的一把手绘绸扇。在我们离开密西西比的那天早晨，她将它们全都放进伯祖父桑的一个旧雪茄盒里。"你是一个招人喜爱的小孩，"她说着把我拉到她身边，揩去我脸上的泪水。每当我在那个小空间里打开雪茄盒，空气里便充满了熟悉的香味。我坐在那儿，一寸一寸地在头脑的视域里唤起对我外祖母宅邸的记忆。我在学校也开始这么干，在休息时间和任意一群愿意聆听的孩子一起。对我们离开的那个家的反复回忆变成了一种安慰。我日复一日地回想每个房间里器物的准确位置，环绕房屋的庭院和沟渠，并用栩栩如生的细节来讲述它们。也许正因如此，相对于我们在亚特兰大第一年生活里的许多时日来说，那部分记忆显得更为真实：我已经开始将我认为的需保存之物形诸语言，为了避免它的丧失。

————

抵达亚特兰大不久，我做了一个噩梦：我站在外祖母家宅邸的背后，在户外的庭院当中，土地突然开始摇晃。朝下看，我目睹大地裂开一道深深的口子，而我一只脚踩在裂缝的一侧。当我醒来，我努力按照母亲教给我那样，用愉快的图像替代令人不安的画面。我想象花朵和糖果，明亮而斑斓。我一遍遍地念叨*黄水仙*、*棒棒糖*，直到它们的意义消失，变成纯粹的声响。我只身在黑暗里，试图安抚自己入睡，我听着隔壁屋里母亲有节奏的呼吸声，直到它和我自己的呼吸节奏一致。

大部分时间我们在一起——白天，她捧着书坐在门廊上，看我玩跳房子或骑着自行车沿公寓门口的人行道来来回回。每周六我们外出游玩，最常去的是公共图书馆，在那里，印有我名字的浅蓝色卡片是比黄金还要珍贵的货币。我母亲在阅览桌上工作，而我在童书区里漫游，一连几个小时乐而忘返。我尽可能多地借出图书，躺在书堆间的地板上阅读，直到离开。我们的公寓里没有空调，图书馆让我们得以短暂地躲避炎热的印第安之夏。

某一周天气凉爽，她带我去格兰特公园的动物园。动物园里最惹人瞩目的明星是威利·B，一只银背大猩猩，关在那儿许多年了。我母亲几乎没有停下来瞧它一眼，而我却在铁笼前徜徉，试图通过直觉获知它的思想。它一动不动地蹲坐着，仿佛斯芬克斯，忧郁地朝后瞥一眼聚集在它周围的稀稀拉拉的看客，一台小电视机是它唯一的伙伴，在背景中微弱地闪光。

"它悲伤吗？"我赶上母亲问。

"难道你不会吗，"她说，"像那样被隔绝，形单影只？"在她的语调里有某种我无法理解的东西。我开始使用我惯用的辩证法。

"但是为什么？"我问。

"你指什么？"

"为什么它形单影只？"

"因为它身在囚笼里。"

"但它为什么会在囚笼里？"

她的眼睛望向别处，许久才转过头来，双眼因灼目的阳光而眯成一条缝，"为了让你可以到这里来看它，"她说。

"但是为什么？"我再一次问，并不清楚我在问什么，也不清楚我想要什么答案。

"我们可没在玩那个游戏，娜塔莎，"我母亲愠怒道，她抓住我的手转身离开。她变得沉默，陷入沉思，我想我不知怎么让她失望了。

我把我的那些日子分为两栏加以衡量：我做了让她高兴的事，映衬出她的可爱，那些日子里，她叫我"甜蜜的梅子"，把我的脸捧在她的手心里。在另一些日子里，我做了让她伤心、受伤或沮丧的事。我记得另一个周末，在电影院里，她以同样的方式抓住我的手。我们去看关于第二次世界大战的日场电影，在接近尾声的一个场景里，战壕里的士兵们身负重伤，有的即将死去，彼此间却展现了极大的柔情。我被共同经历造就的战友情谊，男人们之间高尚的情感和休戚与共的情景深深感染。越南战争造成的大量伤亡，返回家乡的黑人士兵面临的种族歧视完全被我抛在脑后。我满心渴望地冲口而出："我希望我长大后也能遇到战争。"她迅速站起来，抓起我的手，沿着座位间的走廊几乎是将我拖出了放映厅，而屏幕上的演员名单还在滚动。

她的坏情绪从未持续太久。她总是很快原谅了我，这让她显得阴晴不定。我知道她是双子座，天性变化无常。她可以甩给我一张发怒的脸，随即又换成另一张。我曾经猜想，那系在她钥匙链上的金坠儿意味着什么。我父母一人有一个，我父亲的钥匙串上挂的是一只迷你金手套，是他参加金手套锦标赛的纪念物，她的则是一个雅努斯面具护身符，那个悲喜剧里的双面神。这是她大学时期参加戏剧社团的纪念品，但它同时也是她性格的象征。多年以来，她经常佩戴的是塔利亚的面具——那张笑吟吟的脸；而她真正的面容，正如她的想法一样，在大部分时间里向我隐藏。

———

我唯一的愿望就是取悦我的母亲。在学校，我不仅阅读和写作课成绩优异，在数学方面也开始出类拔萃，这个进步让我母亲感到惊讶而愉快。为了奖励我，她带了一只我一直想要的洋娃娃回家，把它放在楼梯顶端。当我努力解答数学作业里的方程式时，它就端坐在那儿。当我母亲大声念出问题，等待我作出回答，我能一眼望见它，就在她的肩头上方，仍然裹在玻璃纸包装里。我不知道开了多久小差。我母亲敲碎我的幻想，严厉地说："别想要那只娃娃，除非你答对所有方程式。"

我曾经偷偷将目光投向楼梯平台，梦想与洋娃娃一同玩耍吗？或者，我曾经向着它的方向仰头沉思，仿佛试图从以太中提炼答案吗？我十分清楚：我的渴望之物是对完美的奖赏，若我足够聪明，便能获得，而我母亲的快乐建立在我的学业之上。我被羞耻感战胜了。即便现在，它当中的某些东西还会回来伤害我。伤人的是什么呢：我将愿望如此明白地写在脸上，抑或我被误解了——我俩互不了解对方，无论当初，还是现在？

当时日渐短，晚饭后所有时间我都待在游戏室里——那儿离厨房很近，能听见母亲翻书的声音。我坐在我的小书桌旁，读书或照料她买给我的洋娃娃，模仿她在书桌边的样子——手掌托腮，若有所思地从工作中抬起眼睛，或者当她训斥我时拉长下颌的模样。我们的日子遵循着一个平稳的模式，在那段时间，我与洋娃娃过家家看起来正像我们的生活本身：没人能打扰我们的亲密无间，没人能闯入这对母女的故事。

我母亲无法知道，我俩独自在一个崭新的城市里生活的那几个月带给我的影响，以及我如何深深地眷恋两人独处的时光，母亲和女儿的二位一体。她也不会知道，因为远离家园，我那增长了的孝顺之心，不仅促进了我的驯顺，也造就了我的缄默。当我试图想象在那一年里母亲——一个 28 岁的年轻女人——站在新生活的岔道上是怎么想的，我难以在她写给父亲的信件里找到些许线索。"一切顺利，"她告诉他，"我在亚特兰大地下城找到一份工作，在一个叫矿井的餐馆。"

———

那封信以后不知过了多久，一天傍晚，我母亲把我叫出游戏室，去见一个站在我们厨房门口的男人。他又高又瘦，长鬓角描画出脸的轮廓。他乜斜着眼睛看我，一只眼睛似乎比另一只睁得更大些。

"乔尔，这是塔莎，"我母亲对他说。他朝着厨房的方向退了两步，伸手去够一只椅背，我能看到他的手微微发颤。

"我该怎么称呼你？"我问。

他回答的方式让我不安，我好奇母亲是否也注意到了这一点。"你可以随便叫，"他咧嘴而笑，他的笑容也是歪斜的，当他嘟起嘴说*你*的时候，上唇抽搐了一下。

我摇动长长的辫子，这是我的习惯，仿佛在驱逐一个想法。"我可以叫你大伙计乔，"我说，然后蹦跳着离开厨房，回到我的游戏室。从那时候开始，他对我而言就是大伙计乔了。这个称呼确定了我们之间的关系，在未来的日子里提醒我俩他并不是我的父亲。

也许那就是我提防他的原因——他姿态里的某种东西——即便当他扮演着我母亲那乐于助人的男友角色，自告奋勇在她上课的那些下午前来看护我。我开始定期见到他。在他照料我的日子里，我们时常驾车周游城市，这后来成为了多年以来我俩的交往模式。他似乎喜欢漫无目的地驾车漫游，仿佛只是为了待在他花了许多时间照料的那辆车上——一辆黑色的福特银河，带着洁白无尘的内饰、白壁轮胎，和被他擦得锃亮的铬合金装饰。

我远远地靠着客座车门坐着，试图从关得严丝合缝的窗口呼吸新鲜空气，而他抽烟，当他吸气的时候，雪茄尖端发红的余烬像一盏闪烁的红灯。我小心翼翼，不让自己显得焦躁，或做出任何吸引他注意力的事情，只在他跟我讲话时简短回答。八声道立体声系统播放音乐，低音砰砰砰砰砰像放大了的我的心跳声：柯蒂斯·梅菲尔德①唱《弗雷迪已死》或《推进者》。对这些歌曲的理解，让我又悲伤又焦灼，仿佛那张唱片并非电影配乐，而是在描述我和大伙计乔在一起的时光，我在亚特兰大城的新生活的一部分。当音轨改变，《惹眼》传来，他用颤动的假声跟着哼唱，完全不着调子。窗外，风景像音乐一样循环往复。我那时并不知道，我们沿着285号公路行驶，那是亚特兰大城外的一条绕城公路。

这些驾车旅行总是富于教益，我能回忆起最早学到的是如何辨识你是否被警察驾驶的未标记车辆尾随。"在汽车仪表盘的中央，会有一个像小脑袋一样

---

① 美国创作歌手、吉他手和唱片制作人，最有影响力的非裔美国人音乐家之一。他在1950年代末和1960年代的民权运动中作为印象合唱团成员首次获得成功，随后单飞。他于1994年获得格莱美传奇奖、1995年获得格莱美终身成就奖，并分别以印象合唱团成员及个人身份成为摇滚名人堂的双重入选者。

的圆形凸起，"他告诉我，仿佛这是我必须知道的一样。从那时起，我观察他怎样经常地扫视后视镜，我自己也有意查看，希望真的有人在尾随我们。

每一次返回公寓，我都长舒一口气。无论与他共同乘车出游多少次，我都会担心他在某个地方遗弃我，而我将永远失去我的母亲。我为这种可怕的想法惩罚自己，一次次将它们从头脑中驱逐出去。这是一种有魔力的思维方式，孩子们相信通过它可以致使某些事情发生，就像迷信的人相信你得施展某些法术以阻挡灾祸——相信灾祸是可以用某种方式阻挡的。神话里的教训并不支撑这一论点；如果有人相信卡桑德拉的话，多少灾难将得以避免。然而没有人信。

换一种方式去看待卡桑德拉的重荷的神话。既然没人拿她的劝告当回事，也许她就开始认为，唯有她的沉默能阻挡事情发生。与其说出来，用语言召唤出灾难，不如缄口不言，保守秘密。

我没向母亲讲起过与大伙计乔在一起的这些下午，也没告诉她我担心，某一天，他会做什么。

————

　　当我回想那个遥远的夜晚，目睹我母亲为了去亚特兰大地下城的矿井餐馆工作而盛装打扮，想不起她是否已经遇见他了，那个将成为我继父的男人。也许他们正是在那一晚相逢的。我只晓得那是冬天，亚特兰大的黄水仙已经盛开。我晓得我为她采摘它们，一把黄色的水仙花——在母亲和女儿的神话里，这花朵被用来将珀耳塞福涅诱向她的宿命：被冥王绑架。她摘下明亮的花朵，大地在她脚下裂开，将她吞入黑暗的咽喉。

　　仿佛我重写了这个神话，通过将那一束乱蓬蓬的黄水仙递给她，将我的厄运传递给了母亲。那个夜晚，当她降至城市地下去工作，我母亲已然步入了一座冥府，她再也无法完整地从那里归来。

[   ]

　　当我大声宣布我将书写我的母亲，将讲述我试图
忘却的那些年的故事，一连几周，我频繁地梦见她，
比她去世后这些年里加起来的还多。她回到我跟前，
先在我童年时代的家，我外祖母的宅邸里。在梦里，
我再次是一个小孩，看着她走来走去，忙于家务：将
湿床单晾在绳索上，熨烫衣衫，或者倾身向着她的缝
纫机，口里衔着几枚别针。在另一些梦里，她出现在
我当下生活的场景中，在她从未到过的地方，起初难

以辨识，仿佛她是某个我不认识的人。见到她让我十分吃惊，而且我总是比她年长。我梦见我们回到与乔尔共住的那幢屋子，他也在那儿。但我不是孩童，我亦知道过去的三十年里她已从我的生活里消失。我还知道，在这么长的时间以后，他已从监狱里释放出来，但不知怎么的，他尚未将她杀死。在梦里，我意识到这毫无道理，但我仍然相信它，因此努力寻找让她活下来的办法。在我的最后一个梦里，她是一个她未能变成的老妇人，瘦削，轻微地佝偻，她的头发是银灰色的。我俩在一个我从未见过的房间，我看着她在屋里来回走动，举止缓慢，触摸放在搁板和桌子上的器物。仿佛，在漫长人生的结尾，她在凝思多年来她搜集的物品。当我醒来，绝望地回忆起它们，我相信那些器物里蕴含着她的故事，告诉我她是谁——至今对我来说无比扑朔迷离的部分。然而事实给我一击：我并没有真正看见她触碰的那些器物。她背对着我，自始至终。

3. 灵魂列车

　　1974 年 5 月的一张照片揭示出某种真相：我和母亲的二人世界一去不返，我开始自行疏远，栖居在母亲新生活的边缘。每个家庭，在某一刻，总有谁看起来像个局外人：在照片里站或坐得离人群较远一些；小宝宝诞生以后那个年长的兄弟姊妹；来自前一段婚姻的孩子，有时还携带另一个姓氏。突然之间，我符合了上述所有描述。

　　"我给你准备了一个惊喜，"我母亲说。那是 1973

年 8 月末，离拍摄那张记录了她这句宣言所促动的、我们生活微妙而剧烈的变迁的照片还有好几个月。整个暑假我都在密西西比的外祖母家度过，此刻母亲前来接我回亚特兰大。我已经三个月没见她了。

"你有了一个小弟弟，"她说，以她一贯陈述式的、实事求是的语调，"我和乔尔结婚了。我们会搬到一间新公寓，你有一个大得多的房间，在走廊尽头。"

在那之前，在我得知一切已改变之前，我在六月初离开她时，她看起来还和从前别无二致。我没注意到她的身体有任何变化，她周身全无怀孕的迹象。我甚至不知道婴儿是从哪里来的。我才七岁。整个夏天我看《脱线家族》①。那一刻，我一言不发地站在母亲跟前，将那部电视剧的缘起部分翻来覆去回想，试图为这场混乱寻找意义。然而我什么也没问，断定大家伙乔一定是带着一个孩子进入这段婚

---

① 一部美国情景喜剧，于 1969 年至 1974 年由美国广播公司播出。该系列围绕一个有六个孩子的家庭展开，被认为是最后的老式家庭情景喜剧之一。

姻的，正如我母亲带着我一样。《脱线家族》的叙事为我做好了心理准备，提供了一整套可理解的事件范例，给予我感受到的混沌以某种秩序。*你现在有了一个继父和一个异父兄弟*，我告诉自己。即便现在，我也不知道我母亲是否晓得这是我多年以来坚持相信的故事，我一遍遍地讲述它，以使自己远离那个我并不渴望的新家庭。

照片里，乔伊九个月大。他用两只手在咖啡桌的边沿将自己撑起来。我母亲和大伙计乔就坐在他身后的沙发上。在这个亲密的画面里，他们形成了一组可以称之为"家"的三联画。我远远地坐在沙发一角。唯一将我与他们相关联的，是我和母亲一模一样的坐姿，她的姿态的小型版本刻进了我的身体语言。

你无法在照片里看到的是乔尔的双脚。在咖啡桌下方，现在想来，它们似乎代表将在我们家里发生的所有令人不安的、扭曲的事——它们也全部隐藏在视野之外。我对他所知甚少，所有我看起来不可理喻的事，他都以战争作为解释。*越战*，他会说。他拒绝吃意大利面，因为他在军队里见过"蠕虫"；当我问及他的双脚，答案也是*越战*。他两只脚以奇怪的形式对称，食指和中指看上去像被切去了第一个指节，断面干涸布满褶皱。每只趾头上覆盖着一片小小的、畸形的银色指甲。*越战*，当他看见我盯着它们时说。很可能他生来如此，脚趾未发育齐全。也许他耻于承认，于是发明了一个和战争相关的故事。现在想来，在他的双脚的外形里，有某种受伤的、脆弱的东西，虽然当我还是孩童的时候，我的感受只交织着恐惧和嫌恶。在他和我母亲结婚以前，我只知道他略微凸出的眼睛，他颤抖的手以及吸烟时哆嗦的嘴唇；如今我日日目睹他那让人心烦意乱的、奇怪的双脚，以及被断去一截的足趾。

有时候，我在深夜下楼去厨房喝水，他会坐在微弱的光线里，一边喝酒，一边冲着连在立体声电唱机上的麦克风，跟随唱片安静地哼唱。还是我熟悉的破碎的假声，但更加紧绷，仿佛他在努力证明自己体内有一个艺术家的灵魂。四处都是他尝试的痕迹：他一遍遍地尝试绘画。首先是报纸上登载的函授艺术学校广告里的形象：*你能画我吗？如果能，你可以是一名*

艺术家。他为此画了一只歪斜的卡通小鹿的侧影。后来，他用银色油彩将亚特兰大猎鹰队标志画在他小货车背面的车轮盖上。多年来，当我目睹他驱车离开，车轮盖映入眼帘，黑色的背景环绕着一只畸形的鸟，那也是他灵魂的象征。

————

新公寓至少在同一个学区，我为不用离开威尼斯山小学感到宽慰。在这个社区里，有一些年轻家庭的孩子和我年纪相仿，所以不难交到朋友。我们遇见的第一个家庭是邓恩一家，他家有五个男孩，彼此年龄只相差几岁。我喜欢他们的聒噪和喧闹，他们像杰克逊五人组那样唱歌跳舞，并且总是相互嘲笑和戏弄——他们称之为"joning"①。在密西西比，我们也这么玩的时候，把它叫作"janking"。因为我不时的妙语连珠反唇相讥，男孩们接纳了我，把我视作他们的小妹妹。放学后，我们会和同社区的其他孩子练习那

_____

① 一种美国黑人骂人取笑的游戏。——译者注

层层推进的逻辑辩论，争相证明自己聪明伶俐、反应敏捷。现在想起来，它让我感到伤心：我们说，*你妈妈那么胖……你妈妈那么穷……那么廉价……你妈妈声音那么低沉……*有时候玩得太过火，有人发起怒来，游戏再次变成骂人和指责。那时候我们会叫停："别指着我，"我们说，"我妈妈可没死。"我们谁也没有想过会有其他结果。

在不玩炫耀机敏的语言游戏时，我们在我的小唱片机上听 45 转黑胶唱片，或者跳到弹簧单高跷上比赛谁能坚持最久。我们的公寓正对着邓恩一家，在一条死胡同的最后一个单元，屋子旁边是一小块草地，我们在那里玩躲避球，再往外则是杂乱的树丛。两层红砖小楼无甚特别，除了贯穿整个社区的巨大排水系统，六英尺（约 1.83 米）高的混凝土涵洞被灯光照得雪亮。有时候我们去那里探险，假装排水道是一个洞穴，而流过它的一小股水流可以通向大海。我们自由自在地漫游，无论去社区的哪个角落，都能听见母亲唤我们回家吃晚饭的声音。

———

　　一天傍晚，我回家发现了意想不到的一幕：炉子上有一只我有生以来见过的最大的罐子，水在罐里沸腾，而水槽里有几只活龙虾。在准备庆祝晚餐时，我母亲几乎显得轻浮，她轻悄地在厨房里走动，立体声音响里播放着艾尔·格林①的《我依然爱你》。她已修完所有课程，获得了社会工作领域的硕士学位。但我们同时也在为乔尔庆祝，此前他在一个少年管教所做维修员，但那一天——也许为了引起我母亲的注意，或者兑现他的某个承诺——他刚刚登记注册了技术学校。

　　在那晚拍摄的一张照片上，他们看起来像1970年代灵魂乐队的成员，非洲式发型，喇叭裤，一只手扶着楼梯扶手，一只脚拖在身后的阶梯上，仿佛正一齐走下楼来。两人都穿着白色衣服，就像墙上那张艾尔·格林的唱片封面：我母亲穿着白色的连身衣裤，

————————

　　①　美国黑人歌手、词曲作者和唱片制作人，于1995年入选摇滚名人堂，被称为"最后一位伟大的灵魂乐歌手"。

乔尔穿着白色针织衬衫和宽松长裤。在那些年里，唯有那个夜晚，我母亲看起来是打心眼里快乐的。

我印象最深的是那晚的派对。晚饭后，我们来到街对面的邓恩家。几个家庭聚在那里，孩子们绕着公寓戏耍奔跑，而成年人跳舞，用纸杯子喝酒。每当一首我们喜爱的歌曲开始播放时，孩子们也跳起舞来，挤在地上跳撞击、四角舞或甩臀舞——跳这种舞的时候，人们绕圈旋转，将一只手臂扭转到头顶，仿佛在挥舞套索。当杰克逊五人组[①]的《跳舞机器》传出时，我母亲恰在屋子正中，私人迪斯科舞厅里的彩灯环绕她，她面带微笑，跳起了四角舞，臀部绕半圆形扭动，不时交替方向。跳舞的时候她更美了，仿佛拥有磁力，一瞬间似乎所有人都被她吸引过去。接着人群向两边分开，在她身边排成两行，她走向灵魂列车式的舞队

---

　　① 　一支来自美国印第安纳州加里的前流行音乐乐团，由杰克逊家族的五名亲生兄弟杰基、蒂托、杰梅因、迈克尔和马龙组成，活跃于 1966 年至 1990 年间。其音乐类型包括 R&B、灵魂、流行和迪斯科。

中间。①

———

九年以后，我才回想起这一刻，当时聚集在教堂前哀悼的人群向两边分开，让护柩者将她的骨灰盒送上灵车。

---

① 灵魂列车是美国在 1970 年代开播的一档以黑人音乐及舞蹈为主的电视节目，其中的一种经典舞蹈形式是，所有舞者排成两条线，中间留有空间，供舞者连续出场和跳舞。

4. 环形线路

　　我常常好奇，早些时候，如果我告诉了我母亲她不知道的那些事：乔尔如何趁她不在家时折磨我，我们的人生际遇是否将变得不同。她会立刻想要解救我吗？假使她这样做，是否能及早从婚姻中抽身以解救她自己？我为什么不说？如今，当我试图寻找原因，我难以理解自己为何不向她吐露秘密，我不禁自问，是否她的死是为我那无法解释的缄默付出的代价。我自认是个好孩子，因为我不抱怨，我可以忍受对我的试炼，不让母亲知道那棘手的消息，她与新丈夫的生活如何侵犯到我。

我不记得从何时开始，每当与大伙计乔独处，惩罚变成了我们互动的方式。他总能因芝麻大点的小事苛责我，编造一些我的越轨行为，只为了对我加以责罚。"我知道怎么修理你，"他会说，"你就像你母亲工作的地方的那些智障孩子，你应该被关进精神病院。"他命令我收拾行李，站在我的房间里监督我将橱柜里的东西全部倒入行李箱。接着，他会把哭哭啼啼的我拽上车。

沿着 285 号州际公路，环亚特兰大城绕行一周，可以花上很长时间，这取决于交通状况。乔尔一言不发地带着我驱车近一小时，直到他觉得我受够了惩罚，再将我带回家，我浮肿的脸上布满斑斑泪痕。而此刻离我母亲回家还有好几个小时。虽然他反复这样干，对我的威胁也总是相同的，但因为我太年幼，或者太害怕了，我相信他有一天会兑现他的诺言，无论多少哀求或痛苦，都无法让他调转车头。

我现在才意识到，我幼年的困扰可能与此相关。

如果你问我当时最害怕的三件事，我会说是无辜但被囚禁，心智正常而被送入精神病院，以及活着却被埋葬。每一样都与无力感，与被你难以控制的外力所摆布有关。我曾在书中读到，维多利亚时代的人们，出于谨慎，会将一根绳索的一端系在死者的手指上，另一端连接着坟墓外的一只小铃铛。被陈列在停尸房里，被误认为死去，这种可能性吓得我魂飞魄散。我如今明白了，它意味着无法动弹，也无力呼救。

上小学四年级的时候，我开始经常做梦，梦中，我感到有人在我的房间里，也许在谈论我，但我既不能喊叫，四肢亦无法移动。我记得自己奋力抬起小手指，知道必须将自己唤醒。研究者们将这种睡眠周期间的状态叫作*睡眠麻痹*。你的头脑开始苏醒，但你的身体依然在休眠状态，因此，在好几分钟内，你都动弹不得。你意识清醒，但无法控制自身，你的头脑和身体短暂地分裂开来。也许此种分裂，正是我这些年的生活方式的隐喻：理智的头脑挣扎前行，身体却持抵抗态度。头脑遗忘，身体却将创伤的记忆留存在细胞里。

如果创伤使自我破碎，主宰自我意味着什么？你可以试图忘却，你可以离开很长时间，决不回转，但记忆是一个圈。在母亲去世15年后，我搬回亚特兰大，会绕行很长的距离以避开285号公路。我以为那足够了，以为只要不沿那条环形线路行驶，最糟糕的记忆必定会被阻拦。然而，真相却在我的身体里等着我，在我为了绕行而求助的地图上等着我：285号公路的轮廓如同一颗解剖学意义上的心脏，它刻在大地上，在与纪念馆路交叉的地方，它如同一道伤痕。

5. 宽恕

　　我母亲坐在床上给乔伊换尿布。我走进房间，站在开向卫生间的门前，梳妆台背后宽大的镜子不仅照出我的轮廓，也反射出房间另一头电视的影像。整整一周，它总被调到同一个频道，同一个节目。日复一日，我看着尼克松总统的脸，模糊地知道什么正在发生：麻烦在于，这个占据我们国家议会的人背叛了我们。如今，新的总统出现在屏幕上。我站在原地，看着电视节目，此时大伙计乔走进来。有一瞬间我们全都在一起，我们的家庭困境的顶点——"一出美国悲剧"——正在上演。在镜子里，我几乎可以同时瞥见我自己的身影，我母亲在折叠用过的尿布，只露出没弄脏的一面，以及杰拉尔德·福特的脸，他说："它可以不断不断持续下去，除非有人为它书写一个结尾。"

6. 你知道

  虽然不情愿，但你记得：你母亲说，*大伙计乔想领养你*；她说，*他想让你使用他的姓氏*。她脸上带着苍白的微笑，有时候你也会在自己脸上看见同样的微笑——下嘴角往外撇，仿佛不愿参与微笑的动作。她的声音既务实，又带有模糊的恳求。你上五年级，第一次听到这些话。当她这么说时，你心想：*哦，因为我们就像《脱线家族》*，而在《脱线家族》混杂的大家庭里，所有人都使用同样的姓。那是 1976 年，你们搬到郊区的一幢有四间卧室的房子：都德风格的错层式建筑，黝黑与棕褐交错的外观，让你想起布雷迪^①的家。即便在你的年纪，你也知晓这是美国梦的某个版本：城郊的住宅，其中安顿着一个快乐的家庭——所有成员之间因相同的姓氏而连结。

你们居所的名字镌刻在入口处的一块巨大的标牌上。有些东西像坎特伯雷那样自命不凡——虽然你已无法清晰地记起——曲面砖上醒目的字体，它意在传达一种田园牧歌式的社区氛围。在这个新建的住宅区，宅邸之间只有细微差别，你们家因为拥有地上泳池和环绕泳池的嵌入式甲板，吸引了周围的孩子们前来玩耍。你的整个夏天都消磨在那儿，你不在泳池里，就在外面探险。在宅邸背后，有一条狭窄的树林，一条小溪将有三个球洞的高尔夫球场和后院隔开。你从河床里捡拾闪闪发亮的石头，追随树林向北铺展的苔藓

---

① 指《脱线家族》中的布雷迪家庭。

地毯，假装像哈丽雅特·塔布曼①和你读过的那些逃亡的奴隶一样奔逃。像童话故事里那般，你将石子扔在身后，标记一条返回的道路。麝香葡萄厚实的果皮散发的香气将你引入缠绕的藤蔓之中，你采摘了满满一捧。像你这样的孩子，有无限的时间在这里消磨。你，尽可能寻找机会躲藏，尽可能隐匿自身，却随时能听见母亲的召唤。

———

这是经历巨大变化的一年。你听见母亲在电话里说，"妈妈，我找到新工作了！我还可以出差"；也听见她用另一种声音在电话里对陌生人说，"不，目前我并不想怀孕"；听见她告诉大伙计乔，"是的，我会跟她谈谈这件事"。你知道你就是那个*她*。你知道是

———

① 美国的一位废奴主义者和政治活动家。她出生时是一位奴隶，但她长大后得以逃脱，并利用反奴隶分子的社会网络和"地下铁路"，发起了大约 13 次行动，救出包括其家人和朋友在内的大约 70 名奴隶。

因为你总是在听，即便在大人们以为你并没有在听时。

这是经历巨大改变的一年。现在他想要你改变你的姓氏。你对母亲说不。"我想保留我的姓氏，"你说。你不愿意用一个新的姓氏擦去你父亲的痕迹。更重要的是，你不希望乔擦去你一直所是的那个人。"她想保留她的姓氏，"你听见母亲说，她的声音听起来很疲倦。

———

你偷听到一个短语：*白人迁移*。起初你不明白它的意思。你想到你的新朋友温蒂，她的父亲是一位飞行员，一双小小的翅膀栖息在他的翻领上。附近还有一些尚未搬走的白人家庭，每家院子里都立着"出售"的招牌。你和其中两幢宅邸里的女孩成了朋友——这条街上仅有的与你年龄相仿的女孩，乔迪和她的妹妹丽莎，还有温蒂，一个独生女，如同曾经的你。她们告诉你，她们认识从前住在你家的白人，知道他们如何整天在泳池里游泳。你喜欢和她们一道闲逛，因为她们比你年长几岁，谈论的一些话题你闻所未闻。你们四个在乔迪的房间里看杂志——《虎派》和《少年节拍》——乔迪将文章大声诵读出来:"你可以更加性感!这并不困难!"以及"亲吻湾市狂飙者的正确方式"。她们迷上了封面人物雷夫·加勒特[1],一位你从未见过的少年偶像。"阿迪达斯,"乔迪说,"你知道它代表什么吗?'我整天梦想着性'。"[2]她大笑,牙齿闪亮。你也笑。你希望她们喜欢你。

或许这是你这么干的原因,向她们展示在你家里发现的杂志,摆在衣橱底层,乔尔的衣服下方——近乎三英尺高的一堆:《阁楼》《好色客》和《骚雅》。你只想让她们知道你懂这些,但乔迪让你坐在地板上,把杂志一本本地拿出来,这样你们四个可以慢慢翻阅。她指着漫画下方的说明文字,让你大声读出来。当你在一个不愿意念出来的词语那里顿住,她轻轻推搡你的肩膀:"继续啊。"她的声音现在更成熟了,比你成

---

[1] 美国歌手、词曲作者、演员和电视人物。他曾经是童星,在 1970 年代成为青少年音乐偶像。

[2] 原文为 All Day I Dream About Sex。

熟得多。你希望自己从未将它们带来，并感到了那经常如影随形的情感，羞耻。像你一样，漫画里的角色是黑人。

此刻乔迪脸上挂着粗鲁的笑，仿佛已开始嘲笑你尚未翻阅的下一页漫画。"你知道 MARTA 意味着什么吗？"她说。你飞快地回答，因不必再念说明文字而松了口气，同时也因知道答案兴奋不已。你乘坐过 MARTA。"当然了，"你说，转动你的眼睛。"它的意思是'亚特兰大城市捷运'。"乔迪摇摇她的金发脑袋。"不，"她说，倾身向你。"它的意思是'赶紧把非洲人撵出亚特兰大。'"[1] 还没等她说完，温蒂和丽莎就大笑起来。你惨然一笑，想象她们有隐形的翅膀：她们三个准备振翅飞走，不搭乘那趟列车。

开学后，你没再见过乔迪和丽莎，但温蒂提出要和你一起去上学，因为你是新来的。开学那天早晨，她敲响房门，乔尔来到你的房间说，一个白人女孩在楼下等你。"她爸爸是做什么的？"他说。你误解了他；

---

① 原文为 Moving Africans Rapidly Through Atlanta。

你以为他在问*你的*爸爸。你笑容满面，自豪地说："我父亲是一名作家和教授。""不是*你的*爸爸，是*她的*爸爸，"乔尔说，"我不关心你爸是干嘛的。"

———

这一年，乔尔从技术学校毕业，有了自己的工作：冰箱、空调和供暖设备修理。由于工作时间不固定，他时常在母亲不在的时候在家。他那辆定制的厢式货车，或者那辆有白色敞篷的蒙特·卡洛停在车道上，就在你卧室窗户的正下方。在离开房间之前，为了搞清楚他是否在家，你学会了在车道上寻找他的车，正如你懂得倾听车库门开的声音，那意味着母亲终于下班回来了。

放学回家，你迫不及待想听见母亲的声音。自从她有了新工作，下午的时光变得不同了。她早出晚归，比你晚两个小时到家。现在，你进屋后做的第一件事是关上报警器，给她的办公室打电话。她的名片就贴在电话机旁边的墙上：**格温多琳·格里梅特，人事主**

管，乔治亚智障中心。① 你从未见过的那位友善的秘书很高兴听见你的声音。"你好呀，"她说，"你母亲得知你来电会很愉快的！"你问她这一天过得如何。你是个彬彬有礼的小孩，你想让母亲感到骄傲。你自觉完成家庭作业；你的房间异常整洁，一切事物各就其位。当成年人，尤其是母亲对你感到满意的时候，你最开心不过。

这就是为什么当她抱怨你的发型时，你深感困扰。"大伙计乔告诉我，你去上学的时候，马尾辫扎得不太漂亮，"她说。你是个大姑娘了。一年来，你每天早晨自己梳头，而这句话听起来仿佛你在退步，仿佛你无法妥善地打扮自己。仿佛你会邋里邋遢地出门，让家人蒙羞。她并没有亲眼见到你出门上学，所以那只是*他的*一面之词。就像去年，当你们还住在公寓里的时候，他告诉她你梦游。他说发现你半夜在楼底下敲邻居的门，于是他不得不引导你返回楼上，重新上床入睡。

---

① 原文为大写，本书用黑体表示。

现在她想知道你的头发是怎么回事。你没向她提及你的梳子。你是个过分缜密的孩子，你浴室里的一切都安置得井井有条。你的梳子上没有一根头发或一点油脂，总是放在梳妆台的第一个抽屉里。你没告诉她，最近你下午放学回家，发现梳子就放在梳妆台上；或者更糟糕，当你清晨从抽屉里将它取出时，发现梳子上缠满了发丝：他的发丝，因为他用的头油而油腻腻的，片片头皮屑黏着在梳齿上。直到现在你也不明白自己为何只字不提。

———

有一天你生病在家，发高烧，神志昏迷。你梦见你俯卧在一间白色的房间：白色的墙，白色的天花板，一切都是白的，雪洞般让你分不清天花板在哪里结束，墙壁从何处开始。一个白盒子。虽然你无法感知自己的身体，但你的意识敏锐、警觉，你知道你正躺在床上。因为你正朝上看着天花板，一顶雪白的华盖，突然它发生了：就像一扇天窗骤然开启，污秽倾泻而下，将你覆盖。

———

你坐在克里夫顿小学，梅西克夫人的五年级教室。五年来，这是你们第四次搬家，也是你第三次转学。幸运的是，你喜欢这所学校，正如你喜欢前两所一样，尤其因为梅西克夫人。你喜欢她严肃的、说一不二的态度，她的银灰与棕色相间的头发像一顶帽子框住脸颊，还有当她并不相信别人告诉她的事情时，会从眼镜上方盯住那人，双手握拳放在臀部，并说："那简直是胡说八道！"你入迷地听她讲她的故事——大部分是关于她在南罗得西亚成长的故事，作为白人传教士的女儿，她在黑皮肤国度里做一个白人是什么感觉。也许跟如今并无太大不同：因为她现在是一个几乎全是黑人的学校里的白人教师。听着她的故事，你回想你在密西西比的外祖母，以及她如何将一些人称作"善良的白人"，你认为梅西克夫人是他们当中的一个。在你的家乡，善良的白人并不难于辨认。

这一年你发现了尤利西斯·辛普森·格兰特。在学校图书馆，你找到一本他的传记，并且爱上了这位联邦军总司令，反对奴隶制的善良白人，为黑人争取公民权的战士。你把书从图书馆借出来，一连几天带在身边，反复凝视书封上的相片，他长着络腮胡须的脸让你想起你的父亲。

你所知道的关于亚伯拉罕·林肯的一切也让你对他心生爱慕，确切地说，你读到了他的《解放黑奴宣言》和《葛底斯堡演说》。*八十七年前，我们的父辈在这块大陆上建立了一个新的国家，它在自由中孕育，并献身于一个信念，即所有人生而平等……*你记下整篇文字。当你感到厌倦或焦虑，你不断在头脑里背诵这篇演讲。在位于学校和家之间的内战公墓，你常常停下来阅读那些石碑，并制作墓碑拓片。在南部联邦士兵的墓前，你高声背诵《解放黑奴宣言》，当你念道："人人生而平等"，总是声调激越。

———

感恩节，你的外祖母从密西西比旅行前来参观这幢新宅邸。当她挂起她亲自为每个屋子制作的窗帘，脸上散发着骄傲的光芒。你目睹她在一整本相册里塞满了宝丽来快速成像照片：那是她拍摄的所有新家具，屋里屋外的每一个角落，乃至于信箱上的名字：**格里梅特**。

这是一个不属于你的姓氏，它让你区别于家里的每一个人。但使你与众不同的不只是你的姓氏。你是个特别的孩子。你的外祖母为了你煞费苦心。你房间里的窗帘是金黄和月白色的织锦，顶端有飞檐，垂着细碎的流苏。那流苏犹如生日蛋糕上扇形的糖霜。还有与之搭配的床单、床罩和遮篷。几天以后，当她离开去机场，你关上房门，躺在床上盯着遮篷，头枕着装饰有金黄流苏的长枕。为了止住哭泣，你假装你是一位公主。你管自己叫莉拉妮①，因为你觉得，你深棕色的皮肤和长长的黑发，让你看起来像夏威夷人。莉拉妮公主：你的想象力带你远离你的所在之地。

在学校，你也扮演公主。你是梅西克夫人课堂上的宠儿，毫不奇怪你被挑选扮演主角——话剧《不情

———————————

① 源于夏威夷语。

愿的龙》①当中的一位公主。彩排持续了两周，每天，你兴高采烈地去学校，假装自己是另一个人。在家长见面会上，梅西克夫人告诉你母亲，你总是"一位热切的学生，如饥似渴地读完课文并进入下一篇章，早于班里的任何同学"。

当你早早地完成了作业，你会阅读梅西克夫人放在屋角搁板上的全部藏书：《哈迪男孩》《少女神探》《布朗百科全书》。你写了一个短篇小说，关于一位与你年纪相仿的小女孩，在遥远的英格兰乡村，破解了关于风标的迷案。"被误导的风标迷案"，模仿《少女神探》第33部《女巫树标记》。你坦言故事情节来自从外祖母那儿听来的一句话："当阳光灼目而漫天飘雨，魔鬼在鞭打他的妻子。"迷案的关窍存在于那看似矛盾之处：太阳可能在一场雷阵雨中闪耀，正如风标也许会指向错误的方向。

梅西克夫人想带你去参加一个全县教师参与的会议，你母亲十分喜悦。她将你起草短篇小说的那个黄

---

① 又名《为我奏乐》，1941年上映的美国喜剧电影。

色便笺薄带到单位，在那里，那位友好的秘书将你手写的文章用打字机打出来。在整整六十页里，你没有提到主角的家人或家庭生活。在教师会议上，人们惊讶于你的想象力，惊讶于你故事里所写的那片土地，以及如此迥异于你自身的那种经验。

———

这是经历翻天覆地变化的一年。吉米·卡特被选为总统，你母亲受邀参加他的就职舞会。你读过灰姑娘的故事，你知道舞会是什么。你想象母亲去到那样一个地方，穿着外祖母缝制的华丽长裙。但你听见母亲在电话里说："不，妈妈，我不准备去。乔尔在那些人中间会感到不自在。"连你也知道这意味着什么。

———

在五年级的健康卫生课上，你听到了比尔·威瑟斯①的《靠在我身上》，一部有关药物成瘾的电影的配

———

① 美国黑人歌手、作曲家和格莱美奖获得者。

乐。一位女警官来到教室，讲述使用违禁药品的危险，而你坐在半明半暗中盯着屏幕，电影胶片卷盘开始因放映噼啪作响。音乐响起的时候，一个女人出现在楼梯顶端。"这是停止吸食海洛因后的样子。"解说者拖长了声音说道。女人穿着铃铛型喇叭裤，留着和你母亲一样的非洲式发型，她正朝着楼梯下猛冲，从一面墙撞向另一面墙，一种像牛奶一样白的东西从她豁开的嘴中涌出。比尔·威瑟斯在低吟："*靠在我身上，当你不够坚强/我会做你的朋友，我将帮助你前行。*"而你难以忍受。你得离开那间屋子。但你忘不了你所看见的。从此刻开始，每当你听见这首歌，你会想起一个看起来像你母亲的女人，深陷于不幸当中。

———

第一次听见母亲挨揍，是在你五年级的时候。你们搬来这幢宅邸不过几个月，有时候，你的弟弟依然害怕独自睡在他的新卧室。他的房间和你的隔着一条走廊，就在你母亲和乔尔的卧室旁边。两个房间之间只有一层薄薄的墙壁。你把乔伊塞到上铺，当他沉沉睡去时，你在下铺隔墙倾听。你第一次听到了它，乔尔的拳头砸向她时响亮的噼啪声。接着是你母亲的声音，像一句低语，但冷静、理性：*求你了，乔尔。求你别再打我*。据你所知这是第一次，也很有可能并不是。

————

你站在五年级教室门口的走廊上。梅西克夫人想知道你为什么离开教室，为什么你不愿观看所有人奉命观看的警察影片。她跟着你来到走廊尽头的女洗手间，想知道怎么回事，为什么你一整天在课堂上神不守舍。她双手握拳放在臀部，从眼镜上方盯住你，当你说：

"昨晚我听见继父打我的母亲。"

她的拳头松开了，深深地注视着你。接着，她的双手放在你的肩头，你听见那句话，明白了你所能指望的不过如此。"你知道，"她说，"有时候成年人会向对方发脾气。"当她扳转你的身体，将你推回教室，你知道她不会为此做任何事。

———

你五年级了，你感到疲倦。你彻夜未眠。在学校，你难以集中精力。一整天你都在想怎么办。一整天，每当你回想起母亲乞求的声音，你感到强烈的羞耻。你决定做点什么，不管老师怎么告诉你。你想以某种方式保护她。

在家里，你逮住母亲独自一人的时候，她坐在床上，左边鬓角瘀青肿胀。你站在她跟前，齐眼睛的高度，你垂着头，重心从左脚移到右脚。"妈妈，"你悄声说，以免被谁偷听到，"你知道吗，当你爱某个人，并且知道他们在受伤害，你自己也会受到伤害？"直到说完整句话，你才抬眼看她，你直视她的眼睛，用尽全力抓住她的视线，直到她的嘴张开。她似乎要说什么，但接着，她只是点了点头，她的嘴唇紧紧阖上，不发一言。

那天晚上晚些时候，你听见你母亲告诉乔尔："塔莎知道了。"

你感到羞耻，你不懂为什么。你强大、可爱的母亲的声音里的需求，教会了你在这个同时存在着女人和男人、主宰和驯顺的世界里的某些东西。你听见它从最私密的空间——摆放着婚床的卧室里发散出来。你的羞耻和悲伤加了倍。你听见你母亲哀求他停下。你听见她绝望的希望，他知道*你*知道，他知道你在听，就会因此停止对她的虐待。仿佛你还是个孩子，你才上小学五年级这个事实，能改变什么似的。而现在你知道你无能为力了。

———

你知道你知道你知道。

———

瞧瞧你。即便现在，你也认为你可以把自己写得不同于曾经所是的那个女孩，在第二人称当中将自己疏离，仿佛这一切并不曾发生在你的身上。

7. 亲爱的日记

　　失魂落魄这个成语，意思是一个人被强烈的悲伤或恐惧击溃，感觉自我出离于身体之外。认知学理论家认为，谈论创伤，或者写下它，或许能够帮助愈合因事故导致的人格裂痕。现在我觉得，这是我母亲给我这本日记的原因。她知道我在受伤，知道她的状况让我忐忑不安；是我告诉她的。

　　我*知道真相*这件事，拓宽了我俩之间静默。乔尔的在场，他警惕的眼睛，让我们更难作为母亲和女儿进行沟通，而她和我几乎从未单独在一起过。当乔尔在家时，我退回到自己的房间，调大电唱机的音量，将我从芭蕾舞课和体操课堂上学到的舞步转化为一套我在学校里跳的固定的形意舞。我一遍遍地跟随罗贝塔·弗莱克①的《不可能之梦》和奥蒂斯·雷丁②的《坐在湾边的港口》翩翩起舞。雷丁歌声里的忧伤打动了我，当他唱道："我离开我在乔治亚的家"，我会想象自己离家出走的场景。仿佛，早在那会儿，我已知道我将独自离开，它意味着不再与母亲生活在一起，以及随之而来的伤感。

《不可能之梦》变成了我的圣歌，尤其这几句：*对抗难以战胜的仇敌，承受难以忍受的哀痛……*以及，*修正无法修正的谬误……触及难以触及的星辰*。我迷失在音乐和这些语词里，缄默无言，我身体的舞蹈却说出了我无法说出的：需要修正一个难以修正的谬误，

---

① 美国黑人歌手、钢琴家，是第一个也是唯一一个连续两年获得格莱美年度最佳唱片奖的独唱歌手。

② 美国灵魂乐歌手。

我曾目击的谬误。我尚不知道承受难以忍受的哀痛意味着什么，虽然我已逐渐明白我不得不进行的抗争，明白谁是我的仇敌。

日记给了我一个重要的发泄途径。我母亲知道，无论我有什么想表达的，都需要把它写下来。我一直热爱书籍，书籍让文字拥有真实的重量，让它们变成一件我可以捧在手中的圣物。我刚学会写字就制作了自己的书，用缎带将建筑用纸绑在一起，制成书脊，然后以我所能写成的最庄严的字体，将我的姓名题写在卷首插图页上。我母亲给我挑选的第一本日记本，拥有带纹路的皮质外壳，封皮镶嵌金边，还有一把黄铜锁和小小的钥匙。在内页，她写道："给我的女儿，娜塔莎，祝贺她的十二岁生日。爱你的，妈妈。"内页的边缘也染了金黄，仿佛为我所写的一切镶上明亮的边框。有一本书记录我的思想，只供我的眼睛观看，我为此激动极了。

那种心情转瞬即逝。不久，我放学回家发现日记上的锁已被损毁。"谁说你可以去华盛顿的？"乔尔说，他站在我的卧室门口。我已为学校的旅行兴奋了几个月，为了我能成行，我父亲答应负担一半的费用。"妈妈说的，"我回答，手里的日记本翻开在我写下自己兴奋之情的那一页。

"我们走着瞧，"他说，转身走向走廊的另一端。

后来我还是获准参加旅行，多半因为我母亲的干预，她也许告诉乔尔，如果我不能参加学校组织的田野考察，我父亲会不高兴的。我想乔尔从没告诉过母亲，他毁坏了日记上的锁并偷看了我的日记。我也只字未提。既然这一切只在我俩之间发生，我决定独自还击。

我不再满足于描述我的日常，每天以"亲爱的日记"开头，不再仿佛对一个密友、对另一个自我说话。相反，我的纸页上擦除了一切隐私，因为确信他会阅读我写的每一个字，并且一再如此。

"你这个愚蠢的混蛋！"我写道。"你以为我不知道你在做什么吗？如果你没有偷看我的日记本，你是不会知道我怎么看你的。"自那时起，每一页日记都是一连串的控诉，是我对他的所作所为的剖析。我不再期待我的文字是私密的，开始将它们看作一种半公开的交流行为，它们有着一个特殊的目的，而我认为掷地有声地说出我需要说的就是力量的展现。甚至，即便写下它们的过程也充斥着一种强有力的东西。在我最初的抵抗里，无意间将他视作我的第一读者。我需要清楚言说的一切，生硬而不加筛选地涂抹在这些纸页上，而我却第一次感到，在这新的声音里栖居着一种深沉的自我意识。若非从内心倾倒而出，这些东西将持续割裂我、腐蚀我。

许久以后我才知道乔尔能干出什么事来，而无知让我无畏。我相信他不会告诉我母亲，因为那意味着暴露他自己：侵犯她送给我的日记所构建的私密世界。我同样确信他绝不会对我说起这件事，他宁愿装作从未读过我写给他那些文字。从那时起，每当他看向我，我便狠狠地瞪回去，这是存在于我们之间的，我的文字的余波。

————

我开始让自己镇定下来。

8. 剖析

  某天我放学回家，被一个好消息冲昏了头。薄暮时分，我们四个人坐在餐桌前。一周的大部分时间，我下课后要训练，错过了这些"家庭"晚餐。那些夜晚，当我到家时，乔尔已出门去了。当我完全不用见到他时，日子幸福而安宁。

  然而，今晚我太兴奋了，无法将消息保留到可以单独告诉母亲的时候。众人一就座，我就脱口而出。我不仅升任报纸编辑，还因为我写的一篇短篇小说，受邀加入"翎毛笔与卷轴"——负责出版学校文学期刊的俱乐部。我看见母亲脸上洋溢着喜悦。她朝我微笑，而我像一朵黄水仙，向着太阳抬起脸颊。我继续说道，我多么喜欢英语课堂上使用的短篇小说读本，约翰·厄普代克[①]的《A&P》如何是我迄今为止的最爱，以及我如何打算为下期杂志写一个新的故事。"我要当一个作家！"我宣称。

"你什么也做不了，"乔尔耸耸肩。他说这句话的时候，甚至没有把眼睛从盘子里抬起来。我母亲坐在我右边，我用眼睛的余光瞥见，她眉头紧锁，紧咬着下颌，以至于仿佛闭着嘴说出这句话："她。将做。她想做的。**任何事**。"

我惊呆了。我的头垂向盘子，不敢看她，也害怕与桌对面的他目光相遇而再度激怒他。多年以来她三缄其口，总是在私底下鼓励我，以回避他妒忌的怒火。

----

① 美国小说家、诗人，发表了大量体裁多样的作品，包括系列小说"兔子四部曲""贝克三部曲"以及一些短篇小说集、诗集和评论集等。

这一刻不同，而我知晓它的代价。今天晚上，*她将为此而挨揍*，我想，这句话的语调——即便在我的脑海里——也是无奈而现实的。

我们沉默地吃完了晚餐。乔尔怒目而视，我母亲则是安静的挑衅态度。我偷瞥了她几眼，想象明天她身上将会出现的淤青，都在被衣服遮盖的地方，柔软而疼痛，我计算她为了保护我将持续付出多少代价。

———

我无数次在脑海里重演这一幕：*她。将做。她想做的。**任何事**。*即便现在，我也在我母亲的声音里，听出她权衡过的克制，那是我克制自身的开端。

[ ]

　　当我试图书写我的母亲，书写那些我不愿意记忆
的迷失岁月，我发现一切都是散乱的。我在一本黄色
的便笺簿上写，将它随身携带，直到纸页散落，从涂
有黏着剂的顶端撕裂下来。我写在碎纸片上——信封，
收据——我又把它们放错了地方。我在手机里录下语
音笔记，嗓音沙哑而陌生。我在我那没有横格的日记
本上，上下颠倒着写，写在一页纸的中央，仿佛我的
心脏被颠倒过来。我收集一切我能收集到的，手写的

纸张，写满的笔记本和日记，黄色和白色的记事本堆满书桌。我试图写写我们抵达亚特兰大时的那场火焰。有一天，我在网上搜索爆燃，汽车引擎为什么突然起火。那晚我睡得很沉，一宿无梦，第二天清晨当我醒来，我的房子着火了。

第二部

9. 超能力

　　在去世前几个星期，我母亲去拜访了一位通灵师。这是一个我永远无法释怀的细节。除了她与乔尔的通话记录，以及她写在一个便笺簿上的为一次演讲做的笔记，这是我拥有的能够描画她最后几日如何度过的寥寥可数的线索之一。为了走进那个世界，我一直询问自己同一个问题：*她如何应对她的日常生活？她一直在思索什么？*

　　我告诉自己，我或许能从一种经验主义的研究当中找到答案，在我试图重建 1985 年 5 月的那一系列事件的过程中，亲自去拜访一位通灵师或许能揭示某些有用的东西。我想知道，与灵媒在一起的她，在那一刻经历了什么，那一次的会面她有何收获。她和我一样是个无神论者吗？一个只能被证据说服的不可知论者？我无法向自己承认的，却是这个决定里潜藏的一丝绝望，我拜访灵媒的举动并非仅仅是学术性的，正如她的拜访也绝非只为消遣，如她当年向我保证的一样。

我的朋友辛西娅认识一位灵媒，她提出陪我一起去造访他的公寓。我很愿意花 150 美元，"为了获得那种经验"，但我决定不让他知晓关于我的任何事情。我告诉她，这是因为我的怀疑主义，我担心他会在见面之前用互联网收集我的信息。于是，我们达成一致，她安排这次约会，但只告知对方她将带一个朋友。作为附加的预防措施，我们一致决定告诉他一个假名：卡桑德拉。在约定的时间，当通灵师打开房门，辛西娅介绍我说："这是卡西。"

我首先注意到的是他的口音。他是个英国人，张罗着给我们泡茶。虽然他自己正准备喝茶，但我把他的提议当作他熟悉我的一种方式，试图在正式沟通之前让我聊点什么。因此我说得很少，谈了谈天气——对五月初来说已很炎热了——然后坐在桌子的另一端。这间公寓看起来崭新素净，几无装饰。桌上有一台巨大的电脑显示器，我注意到电脑是关着的，荧屏漆黑。辛西娅坐在他右手边稍微靠后的地方，这样他无法看到她的脸。我侧身向着他，且并不朝她看。当我们开始的时候，我将手机放置在我们中间录下我们的对话。

我在电视里见过通灵表演，我们的对话也以类似的方式开始：他问我，一月和八月，这两个月对我来说是否具有特殊意义。通常，在这个时候，听众中的某个人或者寻找灵媒的当事人会说，"是的，那是我母亲出生的月份"，或者"那是我父亲去世的月份"。它提供些许线索，一条通灵师得以追随的路径，以便挖掘更多信息，来说服对方沟通正建立起来。那是死去的人现身并为生者捎来消息的第一个讯号。而生者——由于太愿意去相信——愚蠢地提供了所有必要的信息，让灵媒猜测他们人生的某些方面，并据此编织他们渴望听到的故事。一个漂亮的骗局。但我下定决心要让人无法捉摸，或者让人误读，我只透露尽可能少的消息，或者干脆什么也不透露。我隐藏起来此的真正理由。

　　一月和八月。这是乔尔和我弟弟乔伊诞生的月份。我沉思片刻，告诉了灵媒这一点。"是的，有什么东西正在向这边传送，"他说，"我不知道他们现在还活着与否……"他顿了顿，声音低沉下来。"他们还活着，"我回答，但不再多说。我脸上带着温和的期待，望着他，仿佛在说，*然后呢?* 他开始在一本黄色便签簿上匆匆记下什么，日期、数字、短语，他说，他已开始听见死者靠近他言说。相反，我却认为他一定意识到自己走进了一条死胡同里，他正在考虑转换方式。我也在审视灵媒，使用的是与他相同的方法论。他五十多岁或六十岁出头，白人。他的卷发梳向留得较长的一边，是银灰色的。

　　接下来的半小时，他尝试了许多方法让我开口。一开始他问，我家人中的某一个是否经常旅行，或者在军队服役。我快五十岁了，辛西娅接近六十岁，她是个白人。瞧着我，瞧着我们俩在一起，他不难猜想像我这样年纪的人，父母当中的一个很可能曾在军队服务——多半在越南战争期间。我决定告诉他我父亲曾加入海军——但我没告诉他是加拿大海军——于2014年去世。我这样做是为了轻轻巧巧地抛给他点什么，一条可以追踪的线索，以便看看他能得出什么结论。我这样做也是为了掩饰我此行的真正目的。

在我的一生中，人们总是好奇我是"什么"，什么种族，什么国籍。灵媒企图搞清楚我的身世，这种举动我再熟悉不过。它发生了一次又一次：有人用眼睛偷瞥我，说我有"异国情调"并问"你是什么血统"？一次，当我在一家百货公司购物，柜台后的白人售货员因为过于紧张或者过于礼貌，不好意思问我——最有可能的是不愿意因为猜想其不是白人而冒犯了一位白人女性。他需要在我的账单背后写下当时必须的附加身份信息：种族和性别。他踌躇着，铅笔悬停在半空，他试图趁我不注意偷偷打量我。在他再三打量我的容貌，我漂亮的直发，我的肤色和着装并仔细斟酌的时候，我注视他的脸。他或许也在考虑我的言谈举止，以及所有那些因素是否与他关于某一类人——黑人——的概念相匹配。我一言不发地站在那儿，看着他潦草地写下 *WF*：白人女性的缩写。同一周，在另一位售货员那里，我却被认定为 *BF*：黑人女性。那一次我不是只身一人：我在一个杂货店里排队，和一位黑人朋友一起。此刻，灵媒在他的便签簿上涂画着字母 *NA*。迷信的人有几种方式去解读这个细节。然而，在那一刻，我只能想到它们指示的唯一一种意义，他如何反复地写道：*不适用*。*不适用*。*不适用*。① 仿佛我们所做的任何事都无法带来我需要的答案。

为了让灵媒进行下去，我得不时说点什么。于是，我决定告诉他，事实上我父亲曾环游世界——既然他在海军服役，这是一个合理假设——而灵媒似乎推断我父亲在他旅行到的某个异域国度遇见了我母亲。我看得出来他仍没猜出我的种族。我的沉默让他只能瞎猜，而他搞错了的细节又加深我的疑惑。当他说我不

① 原文为 *Not Applicable*。

仅"十分聪明",还"很好地掩藏了［我的］思路",
我一定面带得意的笑容。

另一个战术：如今他写下了单词 *May*。

"我不断接收到关于 May 的消息,"他说,"一个
名字,你家里的某个人?"

"不。"我摇头道。

"May,May。我不知道——你想一想。"他说。
它不是我家人的名字。它指的是五月,而他精明地推
测这个月份一定对我有重大的意义,既然我正是在五
月来与他见面。当然,它具有重大意义。

"有一个声音正传递过来,但它有些遥远,我很
难听清楚。有时候他们走得不够近,但你父亲来了。
他希望你知道他为你感到骄傲。"

当他对我说出这句话,我的眼中噙满泪水。理性
告诉我,这并非通灵师从我父亲那里探知的,但它却
是事实——在离他去世前很久我就知道了。我无声啜
泣,只是因为父亲才离世几个月,我的悲伤依然鲜明。

这是他一直等待的回应。灵媒或许推断,这就是
我前来找他的原因。在家庭当中,有普适性的主题,

有原型性的主题。这是灵媒的专业领域：死者期待了结，灵媒让我们相信，要么获得原谅，要么获得安宁。他们想要我们知道他们很好，希望我们照顾好自己，找到属于内心的平静。

灵媒能描述一系列图像，提出一连串一般性的问题，让你相信他已与死者建立了沟通：*有谁过早死去吗？我看到一顶软呢帽，闻到雪茄的气味*。这些东西或多或少与我们任何人相关——无论这种关联如何微弱。他问："有人失去了一条腿吗？"我决定告诉他——让他继续下去。为什么不呢？我在等待我母亲说话。我外祖母失去了一条腿。我母亲的母亲。

NA NA，他写道。我可以告诉他这是我名字的头两个字母，娜塔莎——他或许会回答他刚刚得知这是我的名字，有人正在告诉他。或者我可以告诉他，这些字母拼读出来正是我对外祖母的称呼：Nana。

灵媒不知道我母亲是否还活着，他极少提到她。他告诉我，我父亲是个强大的存在，脾气暴躁，喋喋不休。他暗示说，即便我母亲也在那儿——他不知道她死了还是活着——我父亲也吸走了冥界的所有空气，掌控了话语权，唯有外祖母好不容易插入一两句。

"May"，他再次说道，歪着脑袋看向我。这个动作让我终于意识到我一直忘了说，*是啊，当然！* ——而我依然没说。他没什么可做的了，只能结束我们的对话。"你父亲说你要好生照顾自己，"他告诉我。"他说你*会*希望回到这里再次与他通话；你*需要*这样做。"

离开的时候，为了不让辛西娅看出我的真实想法，我叨念着灵媒错得有多离谱，他多么艰难地试图搞清楚我的种族和我到这里来的缘由。我没告诉她，尽管我表现出公然的质疑，但却愿意以任何代价换取我母亲的一条讯息，我无比希望灵媒真的能与死者沟通。

然而，我只有两个选择：相信他是个骗子，或者相信，在这么些年之后，我母亲不愿前来与我交谈，她没有话要对我说。

————

直到我忘了通灵师与我谈论的大部分内容之后，我才重听了一遍那次拜访的录音。事实上，我等了两年。两年间，我随身携带着存贮在手机里的录音，它的条目名字是"灵媒",下面有记录日期和时长:5-6-2015;1:22:46。当我走出他的公寓,我知道我愿意再经历一次,为了研究的目的,我相信距离会让我对此种事业愈加轻蔑。我自鸣得意地摁下手机上的播放按钮,这种情绪几乎贯穿了整个对话。直到我听见了,两年前他一遍又一遍重复说到的:*May,May,May*。"是的,是五月,她死之前的一个月,一年的第五个月份。"我高声说,目睹手机上的时间条显示对话一点点接近尾声。就在那时,一个想法击中了我。他是个英国人,如果我和他一样,在日程表上用数字记下日期,应该先写日子,再写月份:6-5-2015,美国人却读作6月5日,这正是我母亲去世30周年的纪念日。这个想法犹如一记重锤,让我痛哭流涕。

我是否过分抗拒,没有给她说话的空间?她是否找到了另一种方式,让我得知她的在场?

数字命理学是一种信仰,相信在数字和事件之间存在神秘的关联。拜访灵媒的时候,我隐瞒了最最微小的希望,即我母亲会通过他言说,而我甚至难以向自己承认这一点。我从未想象过自己反而在数字里找到了意义。但我现在发现，我总是执迷于数字，既将它视为预兆，也作为理解我的过去的某种方式——它们所揭示的图式，如同蚀刻在天空中的星座，只有在最清澈的夜空才能辨识。

长久以来，我坚信我的故事早已写进我的星辰：在某个地方有一个属于我的图式，我是一段跨种族婚姻的结晶，在美国南部联邦阵亡将士纪念日出生，距4月26日首次在密西西比举行庆典刚好一百年。在那个图式里，我们唯一一次庆祝母亲的生日是在她26岁的时候，我将蛋糕装饰成一只对半切开的西瓜的形状，26颗漆黑的西瓜籽代表她的年龄。在那个图式里，我用忧伤标记我的26岁生日，我第一次清晰地意识到，我母亲也曾有过她的26岁。在那个图式里，1972年，我们搬到亚特兰大城的那一年，石山上的美国南部联盟纪念碑终于竣工。而我名字的希腊文含义是"复活"，自她去世算起，如今已过了33年，我迎来了自认为的第二个基督年——我的整个成年生活里都没有她，无论此前还是此后。而现在，我抵达了这第二个基督年，在我52岁的时候，52止是26的两倍。

听起来荒谬，我固守着这些数字的图式，以便将秩序加诸混乱之上，我迫切地需要相信我能够掌控——或者，至少，我有力量去识别这混乱，正如古人望向天空，清楚地看到他们所信仰的神话。

我的理性明白我的非理性在做什么。为什么不让它们同时存在呢？终究，这就是我创造隐喻的方式。突然，我发现自己因喜悦而啜泣，因为我终于有理由相信，这是一个征兆：6-5-2015，数字的简单倒转，正如那位英国通灵师会这样记录那个日子，它证明了我母亲确实在场，就在我与他见面的时候。

我因喜悦而啜泣，但那种心情转瞬即逝。当理性再度占据上风，我只留下深刻的缺失感：无论她当时在场与否，她都没有对我言说。很快，我再次流泪，只为了我的愚蠢，我的绝望。

10. 证据

最后的话

　　我母亲去世的那天早上，警察将 12 页写在黄色便笺簿上的手稿归入物证。手稿左上角标记："取自受害者卧室里的公文包。6/5/85。"25 年以后，我才读到这些文字。

　　在我与他们取得直接联系之前，我早就听说过保护受虐妇女理事会。我读过与之相关的一切，默默地为他们的工作喝彩。我一直觉得，等孩子们长大以后，这是一个我愿意志愿服务的地方。

我一直知道我将挣脱婚姻的束缚。它原本就不应该发生。它是情感勒索、身体威胁和恐吓联合作用的结果。我从没爱过我的丈夫，并为此心存歉疚，因此，我竭尽全力做最好的家庭主妇/母亲和他身边的帮手。他知道我不爱他，总是诬赖我老围着他转，令我不知所措。他反复提及，在我们认识之后，我还在与其他人交往的事。"我无法相信你"是他的口头禅。由于他总是说自己也不开心，我猜想等我们的儿子上大学以后，我俩能和平优雅地分手。乔伊每过一个生日，我就减去一年。我还需等待 8 年。

尾声的序幕在 1978 年秋天拉开，当时我换了工作。这并不意味着此前的 9 个年头里毫无困厄。当墙壁或橱柜被榔头捶出一个洞，我只能暗自庆幸。这些年，我身体上受到的伤害从双眼瘀青，下颌骨裂，到双肾破碎，胳膊扭断，只为了他"认为"的那些事。我很快学会了判断他的情绪，变得擅于化解它。我们的问题之一是我的事业。当他享用着拿我的薪水购买的东西时，也对我的成功心怀嫉恨。

新工作来得出乎意料。我与他详细讨论过，我的新职务需要连续几日出差，有时会工作到很晚，而我们一致认为我应该接受它。

另一个主要的问题是我前一段婚姻的女儿。他坚持认为我爱她胜过爱我们的儿子。虽然他没有明目张胆地对她施暴，却总是通过一些小动作持续让她忐忑不安。如果我试图干预，只会让事情变得更糟。青春期以前的大部分时间她是在自己房间中度过的。在单位，我变成了日程安排大师，尽可能不离开我们居住的城市。我的同事们很快学会了不邀请我参加下班后的聚会，因为我总有推辞的借口。我对自己也有借口——我的孩子们需要我，以后总会有聚会的时间。然而这并非百分百真实，我知道，当我需要我丈夫的时候，无法指望他"在那儿"。终于，在1983年夏天，在我们十年婚姻之后，我开始有所行动。每次我这么做，我丈夫的反应就愈来愈糟糕。他的控诉和威胁不断升级，而且，他第一次拥有了一把手枪⋯⋯

─────

我清楚地记得那个傍晚。我们坐在餐桌旁。他并

139

没有真的生气，只是以一种陈述事实的语调说话，同时巧妙地对我加以威胁。他记起一个朋友给了他一支手枪，当他鲁莽地从桌边跳起来走出门去，我坚信他是取枪去了。我想逃，但孩子们在楼上熟睡。于是与之相反，我锁上房门并报警。当他回来的时候，我刚打完报警电话。他相信了我的解释，我锁门是因为我以为他有事出门了。警察到来时，我哭成了泪人。他表现得充满怜恤之心，向警察保证绝不会伤我分毫，保证他深爱着我，于是警察微笑着告辞。后来，他冷酷地瞥了我一眼说："我不喜欢你向警察告发我，"然后继续他之前的话题。

————

　　他最喜欢做的事情之一是在午夜"谈话"。我一直需要八小时睡眠，他清楚这些谈话会影响到我的工作。它们愈来愈频繁。我开始出现饮食和睡眠问题。终于有一天，我在工作时突然泪如雨下，人们不得不把我从办公室里带走——这是以前从未发生过的。我的体重急剧下降，直到 3S 码的衣服对我来说也太大了。

八月，我去拜访我的母亲，同时接回在外祖母那里度假的女儿。为了解释我的暴瘦，我告诉母亲我丈夫有酗酒的问题，我们为此正经历一段艰难时期。（我从没将真正的问题告知任何人。）当我带着儿子离开家的时候，我告诉他我无法再这样过下去了，我们需要专家的建议。我并未期待获得正面回应，因为五年前我做过相同的尝试，他当时的回答是："我们之间唯一的问题是我无法相信你。"

这一次他欺骗了我，他联系并预约了婚姻咨询服务——安排在我回来之后。离家的那段日子，我去见了我们的家庭医生，他诊断我得了抑郁症，并在我保证没有自杀倾向以后，为我开了安眠药。他的意见是："我可以给你一些药物帮助你应对困难，但离开是唯一的治疗方法。"

我享受婚姻咨询的过程。十年来，我第一次能够自由地说出我在内心压抑了许久的那些话。有一天，咨询师让我在接下来的一周，去做且只做任何我想做的事。我记得黄昏时驱车在高速公路上俯冲，风吹拂我的头发，那是让我感到最愉悦的事。

两个月的疗程后，我终于意识到，我不愿意再等八年才摆脱这段关系。我想立即挣脱出来。当我在一次咨询里说出这句话，我能看见愤怒在他眼里沸腾。他摔门而出，嘴里爆发出一连串污言秽语。我目瞪口呆地坐在那儿。不仅惊讶于他的反应，也惊讶于我竟有勇气吐露心声。我担心自己怎么才能回家，因为身边没有带公交费，但当我望向窗外时，他正在外面等候。他开车的时候像个疯子，差点撞上一个慢跑者，他朝车窗外大声咒骂那个人。我蜷缩在角落里，一个字也不敢说。

到家后他立刻出门，我又高兴又恐惧。我有理由恐惧。当他回来时，他叫醒了我，我俩来到餐厅"谈话"。他坐在桌边耍弄一把匕首。他也经常使用刀具来威胁我。（他曾经画了一幅画，描绘他将如何划伤我的脸）接着，他平静地告诉我，既然我打算离开他，他决定杀了我。他提醒我，他曾经说过如果我离开，他就动手。我开始央求他，并提到我们的孩子。他回答说他会把他们也杀了，然后自杀……

他告诉我，他会友善地对待我，让我选择死亡的方式。我不回答，他便用匕首抵住我的脖子，说，好吧，他就用它杀了我。于是我说，我宁愿使用抗抑郁症的药物。（我留有大部分药片，因为他不愿意我服药。仅一片药就能让我神志昏沉，第二天在晕眩中度过。）在匕首的威胁下，我吞下了三枚药片，旋即睡死过去。我最后记得的事情是被半拖半扛地搬上楼，放到床上。（空白处的笔记："那天晚上，好几次感到他的手掐着我的脖颈。"）

第二天我昏昏沉沉地醒来，我必须去上班，因为我收到传票，得在一个庭审上作证。他下楼来到餐厅，告诉我他知道自己很可能会后悔，但他决定让我活着。然而，如果我又做了什么触怒他的事，他会二话不说，在我睡着时杀了我。我的消化道疾病就是从那天开始的。

一整个星期我都迷迷糊糊的。下个周一，他告诉我，我们不再去做婚姻咨询了。周二，我打电话给咨询师，她问我发生了什么。我告诉她以后，她说我和孩子留在家里十分危险，因为他不会悔改，而她早就看出了这一点。她向我推荐了保护受虐妇女理事会的丽娜·毕肖普。

24小时后，我才鼓起勇气给丽娜打电话。我大为震惊，意识到我听到的一切会带来什么后果。我第一次致电时丽娜不在，另一位咨询师问我她能否提供帮助。我说了致电的原因之后，她便开始询问我的经济状况，并将我推荐给救世军庇护所，因为我承担得起那里的费用。自那以后，我只愿与丽娜通话。她的同情和直率让我印象深刻。我没有机会对我想做的事情犹豫不决。她向我推荐了约翰·斯威特律师，提到他擅长打这种婚姻中一方需要受到保护的离婚官司。我被告知尽量在周四与他见面，然后把见面的情况向丽娜反馈。

直到周五下午两点我才见到约翰。他的性格与丽娜如出一辙。下午四点，他已口授了我的离婚申请和保护令。他希望我当晚离家，但我赶不及。他认为我应该在周一早上9点到他的办公室，但那是个休息日，我丈夫会在家，于是我们将时间定在周二早上9点。他问我的最后一个问题是："你认为你能整个周末都与他保持距离吗？"

我能。这是我做过的最艰难的事。我坐在家里，计划着该怎么办，而他则盯着我，问我在想什么。他说我如何瘦骨如柴，我需要"养胖点"，我们还共同拜访了他的母亲。

我逃离的那一天沉闷、寒冷，阴雨绵绵。前一天傍晚，我走进女儿的卧室，告诉她我们将要离开，让她把想带走的东西收拾好，我会去学校接她放学。我儿子醒来的时候病恹恹的。我帮他穿好衣服，让他在床上待着。我丈夫 7：30 离开家。在出发去约翰的办公室之前，我还有一个小时。事实上我花了 1 小时 20 分钟。我把冬天的大衣等等物什送到一个朋友家里，匆匆将行李扔进汽车，然后带走了儿子和狗。

我担惊受怕。我们从约翰的办公室来到法院大楼。一切已呈递给法官。我想我得打电话给丽娜。我儿子以为我们在度假，因此我决定第一天晚上住在酒店里。我害怕我们会无家可归。（我丈夫常常在中午回家。）我们在酒店安顿下来后，我试图联系丽娜。她告诉我，我应该把女儿寄放在朋友家里（因为她比那儿的大部分孩子年长），而我儿子和我应该立刻过去。我告诉她我第二天过去，但她暗示说，她无法保证到时候还有房间。当我接到女儿时她带来了好消息。一个同学邀请她到家里过夜。第二天，庇护所满员了。丽娜向我们推荐了另一家由教堂经营的庇护所。（它恰巧在我丈夫工作的地方附近。）这加重了我对无家可归的担忧。仅仅两个小时后，丽娜打电话来说，理事会的庇护所有一间房间可供我们暂住。

我欣喜并惊讶地发现，庇护所并不制度化，它让我想起大学宿舍——不过住满了孩子。我们住进了"最好的"房间。即便如此，在搬出一幢有四个卧室的宅邸之后，我们还是需要努力适应新的环境。新人登记是我的首要任务。人们对我的教育水平、职位和收入的反应十分有趣。我听到此起彼伏的"你赚得比我还多""我还没取得我的 MSW（社会工作硕士学位）"，以及"也许你能帮我找一份工作"。最后，他们总结说他们没什么可帮我的，因为我不需要法律援助，社会救济，公共住房或者一份职业。我身心俱疲，无力辩驳。我那时候真正需要的，只是一杯热茶……

他们给了我一张"规则"清单，然后撇下我只身
一人。有人在准备晚餐，几个星期以来，我首次感到
了饥饿。我听见有人喊开饭啦，于是冒险走进用餐区。
我站在一边，观察了几分钟，然后决定拿起一只盘子，
坐下用餐。我吃得很少。

　　她就写到这儿。在写下这些文字的过程中，她一
定仍然抱有希望——即便并非绝对的信念——她的故
事是一个逃离的故事，一个重新开始的故事，前方有
一个幸福的结局在等她，事实上她正在经历那个结局。
我想起奥森·威尔逊 [①] 的话："如果你想要一个幸福的
结局，那取决于，当然了，你在何处结束你的故事。"

---

　　①　电影《公民凯恩》导演。

11. 哈利路亚

　　我母亲在飞翔。她微笑着，纤细的胳膊像翅膀一样起伏，仿佛她是一只鸟。那是 1984 年盛夏。收音机里播放着"莫里斯·黛和时代乐队"[①]的歌。那首歌——她新近的最爱——名叫《鸟》。她舞蹈着，仿

---

　　① 由创作歌手莫里斯·黛领导的音乐团体，1981 年在美国明尼阿波利斯成立，其音乐风格融合了灵魂乐、舞曲、放克和摇滚等。

佛她能像鸟一样翻飞。而最终（哎，哈利路亚！），她成了一只鸟。我好多年没见过她如此无拘无束。她什么也没说，但我们在庆祝。乔尔被关进了监狱，面临将近一年的判决。而她，十年以来首次，获得自由。

此刻，我们已远离1983年秋天的那个夜晚，那时我母亲决意实施她的逃离计划。"把所有你想带走的东西放在你的橱柜前面，叠放在你的梳妆台上，"她说，"放学后别乘巴士回家。我来接你。"我不需要她的解释。也许我已预见它的到来：并非从她那张坚韧克制的脸上，从她一如往常向我展露的微笑上，而是从最近几周她非同寻常的举动中。

一天傍晚，我下楼来到厨房，宣布我得步行到街上去办点事。上高中以来，我俩极少单独相处，因此当她突然向我表达爱意，我竟不知如何应对。乔尔坐在餐桌旁，交叉两条长腿，看她擦拭灶台——他的脸侧向一个角度，以便用左眼注视她，这只眼睛在他生气时更加向外凸出。我下楼的时候，他们似乎没在交谈，或者压低了声音以至于我未曾听见。她突然孩子气地叫道："我和你一起去！"这个小小的举动打动了我。当我们走在街上，她紧紧握住我的手，轻轻摇晃，就像很久以前，我还是个孩子的时候，紧握着她的手，在她身边蹦跳。

握着她的手的感觉也成为了某种情感的通道。在我反应过来之前，我已在向她倾诉多年以来我刻意隐瞒的事实。*你不在家的时候他折磨我*，我听见自己说，*周六早晨，你出门买东西，我以前可以待在房间里，假装还在睡觉，一直到你回家。但是现在，一旦你离开家门，他就径直闯进房间来骚扰我*。

在那之后不久，十月的一个周一傍晚，她敲敲我的房门，安静地走进房间，她说话的时候，双臂交叉在胸前，仿佛抱住自己。我正躺在床上读书。当我想起这一幕，我的脑海里只回响着我自己的声音——*把所有你想带走的东西放在你的橱柜前面，叠放在你的梳妆台上。放学后别乘巴士回家。我来接你*。每当这一幕在记忆里重现，我只拥有她的视觉形象，她的声音却愈加渺远：我目睹她僵硬地移动，身着黄色浴袍，显得比任何时候都要消瘦，她转身向走廊那头的房间走去，我知道他正在那里看电视，等着她。

　　我要入睡，我记得自己心想，*当我醒来，我将再也不会见到他了*。但我还是见到了他。不到一周以后，由于无法找到我母亲，他来到我周五晚必然会出现的地方：在潘瑟斯维尔体育场举行的高中足球比赛。当他踏上从入口到货摊之间的楼梯平台，我正和其他啦啦队长一起站在环绕球场的跑道上。只有为数不多的几个人知道发生了什么——包括我最好的朋友和她的父亲。他们坐在正对着我的方向，在观众席向上几排的位置，观察乔尔是否会来。我记不清为什么我们假定他会来——也许这样做是合理的，即他试图向住在女子庇护所的母亲传递消息，他迄今尚未找到那个庇护所。

　　当他出现在体育场看台的最高处，在大门口的时候，我就看见了他，并密切注视他——虽然我装作没有——一路走下露天看台。他脸上带着我曾经见过的那种狂野的表情，他扭曲的非洲发型，左眼从眼窝中凸出，比右眼大得多。当他选择了一个恰好在我的朋友和她父亲前方的座位，我无法再假装熟视无睹。于是我冲他挥挥手，微笑着用唇语说：
"嗨，大伙计乔。"

———

嗨，大伙计乔， 我对他说。他没待多久就离开了。

多年以后，我在庭审记录里读到，他告诉退伍军
人管理局医院的心理医生，他当时带着一支手枪，计
划当场枪杀我，就在足球场的跑道上，以此来惩罚我
的母亲。他没有这样做，审讯时他说，因为我朝他挥
手，并友好地对他说话。

在我读到他的供词之前，我尚不知道为何长久以
来那个画面在我脑海里徜徉不去——我对他的姿态在
某种程度上是对母亲的背叛。

我那时候知道吗，最先通过身体知道，我做的某
个动作已改变了事情的走向？假使他那会儿杀了我，
如他宣称他所计划的那样，他将会被逮捕，被定罪，
被囚禁。因为朝他微笑并向他致意，我无意间救了自
己一命。

———

十一月，在向法院提出申请之后，母亲要求的离婚终于得到批准。我母亲，乔伊和我搬到位于石山的纪念馆路上的一间新公寓。一直等到法院签署了判决，我们才回家收拾剩下的东西，将房子打扫干净，以便售卖。我们得迅速行动，因为乔尔已转入退伍军人管理局医院，从那里——违背精神病医生的意愿——他可以随时登记离开。母亲让我负责清理地下室，那里堆叠着一箱箱需要被分类的旧文件。虽然我从没告诉过她，但这是我第一次发现乔伊是我同母异父的弟弟，而并非我一直以为的，是继父和前妻生的孩子。我长久地盯着那张把她列为"母亲"的出生证明，难以理解母亲为何从未把这件事告诉她的母亲。外祖母和我一样，以为乔伊是另一个女人生的孩子。

当我走到户外，将一些东西放在搬运汽车上，获知这一秘密带来的震惊很快被另一种尴尬取代。我母亲取出了乔尔藏在书房栏杆后面的每一本色情杂志，将它们堆在路边的邮箱旁。<u>整整五堆，每堆四英尺高。</u>

眼见住在附近的男孩们上前抢夺，然后骑着自行车一哄而散，我的羞愧感无以复加。

我母亲着手将更多我们要丢弃的东西放在路边时，她看起来无所畏惧。仿佛，一旦她决定逃离，便不再对掩藏在那幢房子里的污秽秘密感兴趣。她在做一次彻底的揭露：我们与乔尔生活的真相此刻暴露于光天化日之下，在那邮箱铭牌的正下方。**格里梅特**。

————

我很快适应了新生活。我已上高中三年级，可以自己开车去学校上课或参加啦啦队领队与体操的练习。下午回家，我不必担心乔尔是否在那儿。我不再径直躲入房间，而是可以坐在厨房或有遮阳篷的门廊上，一边喝茶一边读书。我最喜爱的下午茶点是母亲留给我的一大块有脆皮的面包和一些可爱的奶酪。它们在明亮的白色盘子里摆放成雅致的对称造型，上面撒着些许蜂蜜，仿佛是经历了这么多年的混乱以后，她为我创造平静的生活秩序的一份美丽证明。她会在冰箱上贴出每周早餐和晚餐的菜单。这么多年来，一切终于回归正常——虽然对学校里日日与我相见的老师们来说，我的举止并无不同。就像我母亲没有向她的同事们透露任何消息一样，我也从未将我们逃离的那幢房子里发生的一切告诉老师。

我弟弟的情况要困难一些。为了治疗分离创伤，我母亲带他去见了一位儿童心理学家。他在学校无法专心学习，时常闷闷不乐。有一天，为了让乔伊高兴，她答应给他买一双他一直想要的鞋子——虽然那款鞋并没有儿童尺码。我记得她开车载着我们在城里转了好几个小时，试图找到一双乔伊穿起来合脚的蓝色软羔皮阿迪达斯运动鞋。那是圣诞节前几周，收音机里正在播放唐尼·海瑟威①的《这个圣诞节》。她调大音量，开心地跟唱起来，我甚至想象这首歌将会成为我们未来每一个圣诞节的赞美诗。如今，虽然我仍然喜爱这首歌，却无法不在听见它时泪流满面——快乐中

_____

① 美国灵魂乐歌手、键盘手、词曲作者和编曲家，《滚石》杂志将其称为"灵魂乐传奇"。

濡染着悲伤。

———

在 1984 年的情人节，乔尔第一次试图谋杀她之前，我们只有短短两个月的喘息时间。那天早晨，我正在我位于公寓最里边的卧室里换衣服，准备出门上学，乔伊来敲我的房门。他原本坐在厨房餐桌旁吃早餐。"我刚看见妈妈和爸爸上了同一辆车，开走了。"他告诉我。我立刻知道出事了，我想乔伊也觉察到了，我不想表现出担忧的样子。"好的，"我说，"回去吃完你的早餐。我来处理。"

我首先给外祖母打了电话，接着又打给受虐妇女庇护所。接电话的女人安静地听完我的描述。"也许他们只是到什么地方去聊聊。"她说。

我对这个回答并不满意。我知道庇护所的人应该更明白是怎么回事，而这一次，我希望有人正确地回应我说的话，并且*做点*什么。

"不，"我说，"我母亲绝不会跟他上同一辆车，绝不会跟他去任何地方。绝不。"

打完电话以后，我把乔伊送到巴士站，然后自己去了学校。很奇怪，在我终于听见我母亲的消息之前，我不记得那天学校里发生的任何事情。我只记得傍晚我再次见到她的那一刻。她看起来疲惫不堪，行动缓慢，步子有些蹒跚。当我上前抱住她，她的身体颤栗不已。

以下是让我至今难忘的细节——关于她在那天遭受的折磨，她只向我透露了很少的一部分——当乔尔推测我与乔伊已出门上学，他把她带回了公寓。忽然有人敲门。她告诉他，那是她叫来维修洗碗机的工人，她得去开门。在此之前，她一直在拖延时间，试图延长自己的生命，甚至不惜与他做爱，而他却把自己的无能怪罪在她身上。接着，门被敲响。我们的洗碗机没有出问题，她也没有打电话找人维修。但她知道，如果不去应门，乔尔觉得修理工会自行破门而入。不，敲门的只可能是警察，而在那一刹那，她说，她知道自己得救了。

迪卡布县警察局

案件号：84-037377

讲述人：格温多琳·格里梅特

地址：纪念馆路 5400 街区，18-D 号

性别：女

身高：5′7¾″

体重：117

种族：黑人

记录人：调查员 H. P. 布朗

日期：1984-2-14

时间：11：03

1984 年 2 月 14 日，大约早晨 7 点 15，我离开公寓，正准备进入我的旅行车。小乔尔·格里梅特，我的前夫，从我家公寓附近的灌木丛中现身，来到我的车旁边。我问他想干什么。他说想谈谈，命令我上车。我拒绝了。他打击我的头部。我尖叫。他再次击打我，并说他带着枪（他的夹克衫口袋里有一支看起来像枪的东西指着我），如果我再叫喊，他就向我射击。我试图劝阻他，告诉他我们的儿子正隔着窗户看着他。

他转身朝孩子挥手。接着他拿走了车钥匙，打开后座车门，强迫我进入车内。此时我才看见他有一把刀。我告诉他，由他来驾驶旅行车是不合法的，但他置若罔闻。我问他我们去哪儿；他说想跟我谈谈，他会开车带我去办公室。我问他怎么到的这儿，他没有回答。

他开车沿纪念馆路行驶。当我们靠近285号公路时，我告诉他，沿纪念馆路一直开可以更快将我送到单位。他拐向285号公路南段，上了科温顿高速公路，接着驶出高速路，绕到285号公路北段，然后再度返回纪念馆路。我们沿纪念馆路开到了电影院五号剧场。他开进去，接着又开车返回我的公寓。他让我进屋，打电话给办公室，告诉同事我将在半小时以后到达。他的手放在电话线上，以便在我说出任何不该说的话时掐断它。接着他让我坐下——我坐到沙发上——脱掉外套。在这期间（现在7点50分，他必须确定孩子们在我们返回之前已去了学校）他喋喋不休地说要去伤害我身边的人：他指的是我女儿（不是他的女儿）和我母亲。他说他一直在跟踪她，我的女儿，（之前他也告诉我他在跟踪我）可以随时枪杀她。

他指示我去卧室，坐在床上。我照办了。他一拳打在我的嘴上，另一拳击中眼睛附近，然后几次用拳头击打我的头部。我开始尖声呼喊。他再次击打我的肾脏，威胁说如果我不闭嘴，他就打断我的腰。

我试图与他讲道理，但他反复说，他无法信任我，他应该在我离开他之前就把我杀了，等等。接着他问，我是否知道我将怎样死去。我说不知道。他说，我将死得非常平静，并取出一支注满透明液体的针管。他问我知道那是什么吗。我说不知道。他开始絮叨我如何夺走了他的一切，以及他现在已经性无能。我把它看成一个暗示，赶紧说那不是真的，以便争取时间。我告诉他，他不应该死（那将是一场自取灭亡的谋杀）。他告诉我，他有我公寓的钥匙，他曾经进来过。为了证明所言不虚，他背诵了几封他偷看的我的信件。接着他点燃一根细长的香烟。我问那是大麻吗？他说是的。我问他是从什么时候开始吸大麻的，他暗示从我离开的时候开始。他从口袋里掏出一根绳索（或者扯碎的衣服），企图将我的双手绑起来。我们扭打，他揍我，把我从床上扔到地板上，用脚踢我。

那一刻我格外害怕。因为他承认精神病医师说他应该待在医院里。他甚至说上周五他去了医院，因此无法在附近"监视我"。我说服他在死前与我做爱，他照办了。接着，我告诉他我不希望乔伊回到家里看到那样的场景，他应该把我带到别的什么地方去。他说我会逃跑的，但是不用担心，他会"搬走"我的尸体。接着他拿起针管，开始把液体推进我的血管。我试图说服他去寻求帮助，一再告诉他我将和他共同努力。他拒绝了，说他想要一个"简单"的解决办法，明天他将死去，也许有一天我们会在彼岸世界重逢。正在那时，警察敲响了房门。我告诉他是修理工来了——他们无论如何都会想办法进来的——然后抓起我的睡袍，他让我等着，但我跑向大门，打开了它。

格温多琳·格里梅特

在乔尔被定罪以后，我再度感到了我们第一次逃离时的那种释然。这一次，他不再存在于我们的世界。不再可能与他在街头偶遇，他也无法再伤害我们。

在他们结婚这么多年之后，我母亲和我再次变得亲密起来——正如我们刚到亚特兰大的那几个月一样，那时我还是个小孩子。这就是为什么，在我不断回忆起的那个场景当中，她扭动腰肢，我跟随音乐一边笑一边拍手。那是 1984 年盛夏，收音机里播放着"莫里斯·黛和时代乐队"，那首歌的名字叫《鸟》。

而现在，我母亲终于在空中翱翔，她的欢乐长了一双翅膀，无边无际，无拘无束。

12. 揭露

　　若你早些告诉我，我人生的记忆有多少将付之忘川——那些我母亲还在世的大部分年岁——也许我从那会儿就会开始尽可能地把记忆储存起来。如今我体内的作家指责我冷酷无情，保留着一份导向最终悲剧的那些岁月的准确记录，它能够将她带回我的跟前，比我经历了抹除和修正的记忆更加完整。而在当时，出于某种必需，我已开始丢弃许多东西，绝想不到我将尤比渴望再度拥有其中的一些。

我母亲去世后五年，在我 24 岁的时候，我发现了一盘录了她的声音的盒式磁带。时间已足够久，关于她的记忆已开始消散——她身上的气味，她走路的姿态——我觉得我正在背叛她，让她变得支离破碎。那盘磁带让我有了另一个复活她的机会，保留下她的某个部分——我决心这样做，在头脑里预演对她声音的印象。也许我应该学会模仿它，就像一个口技表演者，从我的嘴里说出她的语言。

　　虽然我在外祖母的家里找到这盘磁带——在老旧的落地式音响的深处，连同一堆堆 78 转布鲁斯黑胶唱片和一只早已停止转动的唱机转盘——我却没有告诉她。我希望母亲只属于我一个人，于是我带上卡式录音机走进宅邸前方的卧室，我很小的时候和父母一起住在那里，小小的一间屋。在我母亲生前和她去世之后，我每年在此度过夏日的假期。我摁下播放键。

　　于是，我看见她在梳妆台防风灯的光焰下，涂抹口红，她背对我，脸庞映现在梳妆镜里。我能看见她佩戴的一枚贝壳，像一块珠宝栖息在喉咙的凹陷处，将它固定在脖子上的是天鹅绒项链，金色的链子在她颈项背后摇晃，让她看起来像一个洋娃娃——只有通过拉拽并松开链子，洋娃娃才能发出声响。

*她的声音。*在我摁下播放键以后，我母亲回到了我身边，可不到 30 秒就卡带了，她的声音变得含混不清，接着录音机停止转动。我将磁带取出，轻柔地将胶带往回卷，同时捋平它的折痕。但每一次我将它放入卡式录音机里播放，它都会在我听见她说出另一个词之前卡住。我不断将它取出，捋平，用指腹抻拉它，直到陈旧的磁带在我手里咔嚓一声崩断。如果耐心等待，我也许能够保全它。记录了她声音的那一段磁带就像俄耳浦斯试图带领欧律狄刻走出冥界时把他们连接在一起的信念那般脆弱。

在我的不耐烦中，我已将它割裂。

13. 证据

谈话录音磁带，1985 年 6 月 3 日、4 日

在她被杀害前几天，我母亲与石山司法巡回区的迪卡布县地方检察官办公室合作，搜集证据以敦促法官签署对乔尔的逮捕令。自打从监狱释放以后，他就不断给她打电话，并且如资料记载，"发出恐怖主义的威胁"。地方检察官需要的是证据——不仅仅是她的证言——因此，助理检察官在她的公寓里安装了一台连接在电话机上的录音装置。每当乔尔来电，她得手动将它开启，在接听其他私人电话时再将它关闭。

在以下精简版笔录里，母亲与乔尔的一次对话被打断：那是我从学校致电，告诉她考试什么时候结束，还有她可以在什么时候接我回去过暑假。那是1985年6月4日，我最后一次与她说话。

州政府诉乔尔·T·格里梅特案

1985年6月3日的电话录音

格温（G）：你好。

乔尔（J）：嗨。

G：嗨。

J：我今天真的感觉很好。我感觉我找到了人生的新意义、新目标。

G：怎么说？

J：我想是因为你今天早晨对我说的话。

G：你到底在瞎猜什么？

J：你说了你会再给我一次机会。

G：不，我没有。

J：我以为……

G：你最后一次问我的是……

J：我知道，我说的是，我们——"你可以为我做一件事吗，你可以考虑一下吗？"你说，"我已经考虑好了。"

G：我说我会继续考虑，这才是我说的，乔尔。

J：我以为，我的意思是，你说的是"我已经考虑好了，"还有，呃，"我会的。"

G：乔尔，我觉得你听到的是你想听到的。

J：呃。

G：乔尔，我已经一再努力地向你解释，一直以来存在的问题，现在对我来说依然存在，明白吗？我依然从内心深处害怕你。

J：我，我，我忍不住［听不清］因为我知道你最近，但我能怎么办，我，我无法［听不清］我也有同样的恐惧。

G：对什么有同样的恐惧？

J：对你。

G：我不是很明白。我，我从没伤害过你。我从没威胁过你。

J：不，你伤害过我——在精神上，不是肉体上，是精神上。

G：你是指我离开？

J：是的。

G：乔尔，我还有什么选择吗？

J：格温，情况在变好。

G：不，不，不，情况没有变好，你记得吗？你的威胁变本加厉，你肯定记得。

J：不，我已经在尽全力和你一起解决问题。

G：你不记得了吗，我和你在一起的最后一个星期，发生过这么一件事，你对我说，嗯，你知道的，如果我做了任何让你不开心的事，你不会再多说一句废话，你会等我睡着了，在夜里解决一切。这就是那最后一个星期里发生的事情。

J：那是因为你说，你站起来对那位女士说你想离婚，而……而我一直在努力地解决问题，我做你让我做的任何事情。我做了你让我做的任何事情，而你却……你知道，你却让我痛心。

G：乔尔，你，你看到了发生在我身上的一切，我瘦了多少——你知道我得了慢性腹泻，没有胃口。我没有办法在那种情况下继续下去。我必须离开。那时候我曾经向你提出，仅仅只是，分开一段时间，但你不同意。你告诉我你宁愿看见我死。

J：你意识到在我身上发生了什么吗？

G：你指的是什么？

J：我现在是一具空壳，我完全被掏空了。

G：你知道，在发生所有这一切之后，我依然不恨你。你知道，我昨天晚上告诉过你。我想我天性如此，而我，我并不愿意听见你在受苦。但是我——也许这么说听起来很自私——我必须小心提防，同时必须照顾好我自己。我……你能理解吗？

J：我也在为你小心提防着。

G：你是什么意思？

J：就像我今天早晨告诉你的，我现在绝望了，我已经到了担心自己会伤害身边所有人的地步［听不清］。今天早晨我误会了你，但我想你说了会再给我一次机会。我的整个人生都明亮了。

G：我真的在尽力配合，你知道，并且……并且……与你通话，让你和乔伊有尽可能多的时间相处……

J：我很感激，那对我是很好，但还不够。我依然感到与我的家人分离了。我知道你并不认为自己是我的家人，但我一直觉得你是我家庭的一部分。

G：为什么？

J：因为我，从一开始，我就总是告诉自己，除了你不会再有其他人。我需要那个，我需要你。我依然需要你。

G：你不觉得那种执迷有点不健康吗？

J：也许是，但我没办法，我渴望见到你。渴望，我每天都渴望更多……我是说……有时候我躺在床上想，你知道，我无法再忍受下去了。我想干脆直接动手，除掉我俩；我甚至不会试着和她说话，因为她所做的一切不过是为了拖延时间，该死，我会再躺下，心里想着情况还行〔听不清〕。然后你改变了主意，当我试着在电话里和你交谈，你说，"不，我没有。在你接受帮助之前，我没什么可跟你说的。"即便那时，我还在想，"也许她真觉得我需要帮助。"

G：你是说你不觉得自己需要帮助吗，乔尔？愤怒、暴力、威胁和恐吓不是生活的常态。你不是在越南。

J：对，我不在。

G：我担心，愤怒潜藏在生活的表象之下，随时随地可能因任何理由爆发。你想想，想想昨天和周六，想想你说过的所有话，你还不明白吗？

J：我明白，是的，我明白。我什么也没做……对我来说，就我的感觉来说，我有大把的机会对你做点什么。但我不断告诉自己，"我必须，我必须让她知道。我必须得有，必须得有一个机会让她看见。"我就像那个一直在练习拍球的男孩，教练却在比赛时让他坐在板凳上。而你知道你可以走出困境，你知道你做得到，但你就是没机会，只是因为你又搞砸了一次。我觉得这对我不公平。

G：乔尔，不仅仅是一次，是整整十年。别扯了……

J：是的，但是，我，你没意识到在那十年里，也许我确实犯了许多错误，但我现在说的是，我不会再那么干了，我们可以更好地交流。我的意思是，我们可以交谈，讨论事情，事情，你知道。你……我不是

172

责怪你，但你也在为没有很好地与我交流感到愧疚，此外，的确，我今天发了脾气，但以后情况不同了，因为我们会一起面对问题。

　　G：好吧，让我解释给你听。共同解决问题需要有一些基础。首先，双方都得下定决心，愿意建立那样一种关系。你已经下定了决心，而你告诉我，或者说，你昨天告诉我的是，我最好也下定决心，不然我别无选择。

　　J：哦，好吧，是的，是的，你给了我同样的选择，你告诉我如果我们去做婚姻咨询，情况就会好转。我去了，我和你一起面对。而你让我失望了。你……

　　G：婚姻咨询师帮助我意识到我并不愿意原地踏步。在我去接受婚姻咨询时，我还不清楚这一点，但事实却是……

　　J：早在我们走进那间屋子之前，你已经有主意了。

　　G：不，我没有。

　　J：通过那种方式，你希望他们能够说服我。

　　G：你总是这么说，我猜你永远会这么想。

　　J：我觉得自己被算计了。

G：是的，我记得你以前也这么说过。

J：你说出那句话，是我人生当中感到最受伤的事，我，我，我完全……我完全不能忍受。

G：乔尔，你，你真的……像俗话说的……让我进退两难。

J：你知道，这看起来是错的或者说是对你有害的，但即便现在，那我……我会补偿你。

G：你要怎么补偿我，乔尔？你让我没有选择。你不能这样进入一段关系。

J：我已经等了18个月，你知道的，但你却说我不耐烦。

G：18个月，你没有什么可等待的。我没对你说过，"哦，快从监狱出来，乔尔，我们从头来过。"那是你自己的幻想。

J：会实现的。我知道会实现的。必须实现。

G：为什么？

J：因为我会不惜一切代价让它实现。

G：乔尔，我无法再陷进去了。我不能再陷进去，乔尔。

J：格温，[*听不清*] 别老想着你自己。

G：我在想着谁?

J：你自己，这是目前你全部的考虑。你知道的，你告诉过我，我求你别离开我，你也想过这事。你说，"好，我想过这事，我觉得我们可以试试解决这个问题。"但你却没有，你知道。我承认，我做了很多让我自己感到羞耻的事，感到羞愧的事，但你在虚弱和绝望时，你是不*理智的*。我知道，强迫你和我一起面对是不对的，但在这一刻，既然你没法坚定地看到这一切必将实现，我别无选择，只能强迫你，而且我知道，不久你就会说，"我明白了，很高兴你 [*听不清*]。"

G：乔尔，你活在幻想里。

J：也许我是的，但这是我目前唯一拥有的东西了。

G：你为什么不试试走出来?

J：我知道的唯一走出来的方式就是去死，但我不会抛弃你和这个世界。我想，我的意思是，我们得一起走。我不希望你受苦，就像我之前做的那样。如果我必须死，我希望带上你。也许在另一个世界，我们还能在一起。

G：关于你，有一件事我一直搞不明白：你怎么能够伤害你口口声声说爱的人呢？

J：我不会伤害你，我只是带着你和我一起走——那不是*伤害*你。

G：乔尔，你说那不是伤害我是什么意思？向我开枪，用刀刺我或者其他做法会伤害到我。

J：格温，我们曾经发誓"至死不渝"。在我们说出那个誓言的时候，我是真心实意的，我想你也是。渴望和另一个人共度余生没有什么不对……我们重新开始吧。

G：但是乔尔，你现在说的是，如果我不给你一个崭新的开始，你就杀了我，你是这样说的。

J：我，我，是的……相比于二月份，我现在完全失控的概率更高了。当然，我或许可以控制我自己，但在目前，我不愿意，因为我不想失去你。

G：为什么现在比二月份更容易失控？我觉得你现在更加自制了。

J：因为十三个月以来，每天早晨醒来我都对自己说，一回到家我就要杀了你。我问自己为什么，答案是如果我不能拥有她，没人可以。如果我要死，我要她和我一起死。十三个月来，每一天我这样告诉我自己，不是一天说一次，而是整日整夜这么想。囚禁在那间小小的牢房，我无事可做，只能冥思苦想。我已将这些东西嵌入头脑，只有你能将它们抹去。

G：然后呢……

J：当然，最开始你多半会感到很艰难，但情况会变得好起来，痛苦终究会消散。

G：没有爱，你也觉得没关系吗？

J：会有的。你说的那种爱，会有的。十年以来都是没有爱的。[叹气]

G：你真是让我别无选择。

J：我给你指了两条路。你正站在路的岔口上。别再犯我犯了十年的错误。

G：我不太理解你说的岔口。你犯了十年的错误是指什么？选择了一条错误的岔路，这是你的意思吗？

J：是的，我为此受尽苦难。

G：然后呢？

J：然后，你知道，我给予你的要更多，你没意识到我给予你的是什么。

G：你在说生活？

J：事情会变得更好，无论对你，对我，还是对乔伊。我会振作起来，我会对身边发生的一切保持警觉。我希望你想想坏的方面，它会如何一直存在在那里。

G：这就是你在一条岔路上看到的？

J：在另一条岔路上，等待所有人的是无尽的悲伤。

G：你是否想过，你对我的伤害会影响到孩子？

J：是的，我想过。

G：那对你来说无关紧要吗？

J：不，它对我来说很重要，但是他们，他们不得不接受这个事实，就像你母亲去世：你不想接受但总得接受，因为你知道没人能永生。

G：乔尔，你不能把这些事情相提并论。你知道的，自然死亡跟你说的不是一回事。

J：但是我已经为你死过一次了。

G：我不知道你说的是什么意思。

J：在你跟我离婚的时候，我已心如死灰。

G：哦，别扯了，乔尔。我们谈论的是离开这个世界。别再自说自话了。我们讲的是孩子的母亲自然离世和你杀掉我的区别。你怎么能把两件事相提并论呢？

J：我是说，事情终究会过去。它也许会影响他们余下的整个人生，但我想他们会适应的。他们必须适应。而且，如果他们不能，你和我同样应该受到谴责。

G：为什么？

J：因为事情原本不必如此。

G：你真的认为，任何两个人，两个理性的成年人，可以在这个基础上开始或者尝试开始一段关系吗？

J：目前我们别无选择。

G："我们"？

J：我们别无选择。

G：为什么？

J：有时候你必须强迫人们看见他们在犯错。有时候他们过于轻信，你必须，必须，不是说服他们，而是把他们推到别无选择的境地。

G：乔尔，请别强迫我。

J：强迫你什么？

G：强迫我做卜这个决定，不为别的，只因为你想这样做。

J：你知道，我等啊等啊，等啊等啊，而事情毫无进展。它们停留在原地。你知道，我现在的状况是，你听过那句谚语吧，要么拉屎，要么滚出茅厕。你知道，我不能再忍受了。我告诉过你，在我误会你的时候，感觉多么美好。该死，但愿你能体会到我的感受。那样你就能明白了。我无法理解你的拒绝——把"不"当作回答。因为你明白这意味着什么。一个崭新的人生，一种崭新的生活方式。和你爱的家人在一起的机会。

G：乔尔，你生活在童话里。

J：也许是的，但那是我的童话。如果你够努力，童话是会成真的。我相信你期待的任何事情都会发生，只要你有信念和一个去积极实施的头脑。这就是为什么，你明白吗，我不难让你获得快乐。

G：就像你不难杀掉我。

J：我已经说服我自己，只能是这两种结局。我不想死，但我也不想再这样下去了。

G：乔尔，我也不想死，但我不希望你逼迫我做这个决定。

J：我，我没办法。你不会自己做决定的。你，你，你不会——你不愿意——所以我得强迫你，这样 [*听不清*]。你明天怎么去上班？

G：我还不知道。我可能搭个便车。

J：你要我去接你吗？

G：不要。

J：为什么？

G：乔尔，我告诉过你，我害怕靠近你。

J：我知道，但靠近我是你战胜恐惧的唯一方式。囚禁在那个小盒子里是没有出路的。你知道，那只会在短时间里让你内心安宁。但你得走出来，你得向外求助。格温？格温？

G：什么？

J：我说，"好"吗？

G：乔尔，我，我，我得挂电话了。

J：我希望你别挂。

G：我得挂电话了。

J：我希望你别。格温，我们没多少时间了。你已经耽搁太久了。你就是在拖延时间。

G：乔尔，你……

J：我知道。我阅读你就像阅读一本书。你要做的不过就是说这么一句："好，我们试试。"

G：乔尔，回头我说我这么做是因为很害怕，你又会发怒，说我又向你撒谎，然后我们又回到了原点。

J：不，不，不。

G：如果我现在说了这句话，乔尔，那是唯一的原因。

J：行吧，无论怎样，我现在都接受。

G：乔尔，你不能强迫别人去做你想要他们做的事。

J：别支支吾吾了，格温，给我一个回答。

G：那就是我的回答。

J：所以你不想活了。

G：乔尔，我当然想活。

J：所以你按照我的要求去做吗？

G：我要挂电话了，我得吃点东西，好吗？

J：行，好吧，明天怎么样？你希望我，我可以送你去上班吗？

G：不，乔尔，我，我自己去没问题。请别到这里来。

J：是的，但是我需要，我两个星期没见你了。我什么时候才有机会见到你，坐下来和你谈谈？

G：我希望有第三方在场，因为我，我仍然很恐惧。

J：不，那不行。

G：为什么？

J：第三方可以是乔伊。最开始几次你会觉得害怕，感到紧张。我也会紧张。但同样也很令人兴奋。

G：它不会令人兴奋，只会让人毛骨悚然。而你，你最好意识到这一点。

J：那会很棒的。而且，而且，从长远来看，你会学着喜欢我，接着你要学会爱上我。

G：那是个童话。

J：那是我的童话。

G：明天等乔伊回家以后，你可以给他打电话，告诉他你的安排，好吗？

J：好的。我爱你格温。哈罗？

G：哦，再见。

J：我爱你。

G：不，你不爱。

J：不，我爱。

G：如果你爱我，你不会说你要杀了我，乔尔。

J：我，我，我听说，不是个案，许多人杀掉了自己所爱的人，因为不和所爱的人在一起，他们就活不下去。这种事情每天都在某个地方发生。但我们是幸运的，我们会找到解决办法，你看着吧。我爱你。

G：再见。

J：拜拜。

[通话结束，我母亲记下时间和日期。]

G：我是格温·格林梅特，现在是 1985 年 6 月 3 日 8 点 26 分。我刚结束了——*[突然停止]*

州政府诉乔尔·T·格里梅特案

1985 年 6 月 4 日的通话录音

[我母亲大概在连接设备时遇到了什么困难，所

以当录音开始时谈话已进行了一段时间。]

　　J：好吧，那么，我是说——发生了什么？

　　G：乔尔，什么也没发生。你知道，许多年以前我曾经告诉过你，你让我出于恐惧去做某些事情，那是不对的，乔尔。稍等，我去给乔伊开门。

　　J：不是那样的，好吧。

　　G：都是老一套，老一套。你从不给我任何选择，你总是……

　　J：该死，我给了你选择。我给了你许多选择。你选择伤害我，格温。我没有，我没有别的选择，只能这样。你，你又让我失望了。昨天晚上你说你会［去吃晚饭］，现在你又让我失望了。

　　G：我昨天晚上告诉你了，乔尔，我这么说仅仅是因为你让我进退两难……

　　J：那你现在就不进退两难了吗？

　　G：当然也是，但我……

　　J：你就是不介意去死，是不是？你知道，乔伊问过我了。他说，"不要，不要骚扰她。你疯了吗？"我说，"是的，我疯了。我心烦意乱因为，你……"

所以不要让我们就这么结束。

G：你能稍等一下吗？有一个电话打进来。

J：谁，打给警察吗？

G：不，稍等……喂？喂？［*短暂停顿*］

J：我给你最后一次机会。我不再介意发生了什么。我尽力了。我想做的不过是带你出去吃晚饭，和你度过一段愉快时光，送你回家，然后，就那样，然后在其他时间再带你出去。最后，慢慢地，你发现我不会伤害你，一切就会变得不同。

G：但现在并*没*有什么不同，不是吗，乔尔？

J：情况*是*不同了，我让它不同了。你知道，格温，我别无选择。

G：你是什么意思，你别无选择？

J：你希望我往前看，忘记你，但我做不到。我不会这么做的。我昨晚告诉过你，我对自己和对你的承诺。我决心实现它，以这样或那样的方式。

G：乔尔，你不是这个意思。

J：你毁了我的人生。

G：我听不清你说话。

J：你毁了我的人生。你的余生应该和我一起度过，这是你欠我的。

G：我怎么会欠你呢，乔尔？

J：因为你毁掉了我的人生。

G：我没有毁掉你的人生，我给了你我的人生最美好的十年。

J：但你带走了我身上无法替代的一部分。

G：那是什么？

J：我的心。

G：[叹气] 我没有。我不知该如何回答。我是说，人们结婚，然后在某个时间他们分道扬镳，这并不罕见。

J：但我们的婚姻不同。我们的，我们的——我离了婚来跟你结婚：为了你我离开了我的儿子。为了你我放弃了一个好工作。我成了今天这样子全都是因为你。你是这一切的原因，所以你欠我的。你有这个义务。

G：乔尔，人不是所有物。

J：别人和这个特殊时刻没有任何关系。我说的是我自己。属于我的将永远属于我。除非他们死了。我也一样。我属于你，直到我死去。你或许不喜欢你所见到的，并不喜欢我这个人，但这是你造成的。你创造了我内心的这个怪物。它是你的孩子，你的。

G：我不相信被创造出来的怪物不能——

J：什么？

G：我不相信被创造出来的怪物不能被改变。

J：我只有一种方式去改变它，我也努力让你看到这一点。你，你，你没有别的选择；这是你，你的，你创造了它。你不能转身离开了事。你得适应它，和它相处。如果我妈妈可以忍受我爸爸，你也可以忍受我。

G：你母亲告诉我她走投无路。

J：除了死，你也走投无路。你却一直唠叨说你不想死……

G：我不知道还能说什么。

J：没什么可说的。你，你已经把话都说完了。你说你宁愿死也不愿意回到我身边。现在还有什么可说的？

G：我从未说过我宁愿去死，乔尔。我从没说过我宁愿去死。

J：你选择了死亡而不是我。

G：乔尔，你，你让我别无选择。

J：你有一条路。该死，我没叫你明天就嫁给我，我只是叫你靠近我一点。我要求的不过是出去吃晚饭。该死，你表现得好像我要你跟我一起度周末一样。

G：你必须理解，那对我来说很困难。

J：什么？

G：很困难。

J：我知道。去吃顿晚饭可比担心有人在某一刻把你打得脑袋开花要容易多了。比知道有个疯子将过来找你容易多了，在你困在那儿的时候给你的房子点火，或者在车上动手脚，你点燃引擎的时候汽车的油箱瞬间爆炸。格温，你忘了我在越南待过两年。我可以炸掉任何东西。你忘了我可以进入你的房间，修理你的空调，让它今晚在你的头顶爆炸。不足以杀掉你，但足以把你吓个半死。你想过这样的生活吗？

G：乔尔，你儿子也在这儿。

J：是的，有时候牺牲是必需的。你爱你儿子吗？

G：当然。

J：那你愿意让我有机会对他动手？

G：对乔伊？你不会对乔伊做任何事情的。

J：没有打算，我没有打算。但为了接近你，我也许会忽略他在那套公寓里的事实去做点什么。格温，我可以让那套公寓，那整幢楼倒塌。你，你没意识到我是一个机修工，整天和电线、燃气罐还有，还有，高压阀门打交道。在你那幢公寓楼里有一个热水罐。我只要做一点点事情整幢楼就会被炸飞。你记得鲍文之家①吗？啊？

G：是的。

J：你想让那种事情发生吗？

G：不。

J：他们甚至无法查到我身上。

---

① 亚特兰大市西北部一个以黑人为主的低收入住房项目。1980年10月13日，其托儿所由于燃气锅炉爆炸造成四名学龄前儿童和一名成人死亡。

G：是你炸了鲍文之家？

J：哦，当然不。我是说如果我炸掉你的公寓。我，我，我是说他们无法找到蛛丝马迹。他们可以怀疑，但你得讲证据。我们在法庭上相见的时候，你得掌握事实。你明白，对吗？

G：嗯，是的，那只能用我的证词反对你的证词。

J：是的，但这样的话就不是谁的证词反对谁的。它只是一个诡异的事故。我前妻的公寓恰好在那幢楼里。我早就在书面上确认了你是一个疯子。我的意思是，你会撒谎，为了除掉我什么都做得出来。

G：你在书面上确认了我是一个疯子是什么意思？

J：意思是你撒谎。

［此时一个电话打进来。］

G：稍等。

［此时格温·格里梅特在进行一段私人通话（和我：我们之间最后的对话，不到一分钟）］

G：*［返回与乔尔的通话］* 我从没说过谎。

J：你对一个该死的男人说我把一根针插进你的胳膊，有两到三次。

G：但你的确这么*做了*。

J：我没有。我没有刺破皮肤。

G：你怎么知道我胳膊上的皮肤有没有被刺破？

J：我知道我把针尖刺向了哪里。

G：那你觉得我为什么在这儿有块疤？

J：多半是你自己弄的。

G：我不是个受虐狂，我不会伤害我自己。

J：你说什么？

G：我不是受虐狂，我不会伤害我自己。

J：你会做任何事情来让这些人相信你。

G：不，我不会。我做的不过是告诉他们发生了什么。

J：然而——你知道吗？

G：什么？

J：我觉得，我，我，你可以问乔伊。我可以去你那里，做一把公寓钥匙，然后今晚就去你那里。我有螺栓刀具，我可以切断那条小防盗链。我可以进屋，掐掉电话线，我可以做很多事，格温，你知道的，是不是？

G：是。

J：此刻你不知道我在哪儿，或者我离你家有多远。

G：是的。

J：如果我看到一名警察向那边走去，我知道是你报了警，那么我就得赶紧动手了。

G：这是一幢公寓大楼，一直都有警察在。

J：你最好希望他们今晚别过去。因为如果他们去了，我会怪罪到你头上。

G：我无法为住在外面的所有人的行动负责，乔尔。

J：你是什么意思？

G：我，我，我无法负责。你不能因为一辆警车开过就责怪我。有警察*住在*这里。

J：太糟糕了。为了让你明白我不是胡说八道，我决定走到外面，冲窗户开一枪，可以吗？

G：我不会对这样的事说可以的。

J：我想你不相信我有一把枪。

G：我为什么不相信你有一把枪？

J：你不觉得我有这个能力。

G：嗯。*事到如今*我绝对相信。

J：格温，我，我，我只是想让你快乐。

G：我理解，乔尔。

J：谁在给你勇气？

G：没有谁。我只是觉得，人生中，有时候你必须有立场。

J：行，我想我们没什么可聊的了。

G：是的，我也这么认为。

J：再见。

G：再见。

J：最后一个问题。

G：什么？

J：无论如何你都不会回到我身边了。

G：不会了，乔尔。

J：哈。

G：我，我，你在这样的情绪下，这都不是我们可以讨论的话题，知道吧。

J：不，我——是的，我，我想也许我们可以各退一步，既然你说我在强迫你做决定。你看，如果我回到医院，一直待到治愈，你会重新考虑吗？

G：我无法做出那样的承诺，乔尔。我，我完全没有那方面的意愿。

J：我听不清你说什么。

G：我说我没有那方面的意愿。

J：换句话说，你的意思是无论我做什么，哪怕我被治愈了，你也不会考虑的？

G：乔尔，你得理解这种事情每天都在发生。人们各走各的路。

J：我知道。但我，我相信让我们分道扬镳的原因是我得了精神疾病，而精神疾病是可以被治愈的。

G：你是说你准备去接受治疗吗？

J：是的，如果，如果，如果我觉得……

G：什么？

J：如果你答应我；如果你这么做，那么，是的——我会重新考虑。

G：但你的意思是说你宁愿病着到处乱跑，也不愿仅仅为了你自己去治疗？

J：我，我还要求你，呃，不与任何人发生关系，在我治疗的期间……

G：哦，别扯了，乔尔。你又要支配我的人生。你不能……

J：不，我没有。

G：不，你有。

J：我想要的不过是，我什么也不想干。我想要的不过是一个理由。来自你的理由。

G：哦，你是说你谁也不愿意伤害？

J：是，我谁也不愿意伤害。

G：但我得给你一个理由不去伤害任何人？

J：你给了我理由去伤害某些人。但我的想法是：我必须，我必须寻求帮助，你得帮我。

G：乔尔，你必须寻求帮助，但它得是为了你本人。它不能和我捆绑在一起。所以，请你那样做。

J：你看，不给我一点希望。

G：我不想给你虚假的希望。我希望你来决定是否想要做一个更好的人，为了你自己。

J：格温，为什么2月的时候，你没有对我说，我们可以解决这个问题？在你脱离危险之后？

G：我想离开这个房子，在户外清新的空气里大口呼吸。我只想出去……

因为通话录音获取的证据，地方法官在 1985 年 6 月 5 日凌晨 1 点签署了逮捕令。被派往监视我母亲公寓的警察还是在清晨时分离开了——虽然他的任务要求他留下来。那天早晨晚些时候，在警察监视的空档，乔尔来到了她的公寓。

解剖记录显示她死于两次近距离枪击，分别射中脸和脖颈。一颗子弹穿过她举起的右手，射入她的头部。它嵌入头颅底部，在她血红色花朵形状的胎记后方。

14. 记录显示

嗨乔，你手里拿着枪要到哪儿去？

——吉米·亨德里克斯

记录显示谋杀，5 月 31 日，时间错了，导致她去世的日期没写进档案。记录从她那儿，从我那儿，夺走了五天，仿佛这五天无关紧要，仿佛它们没有意义，仿佛把日期写精确、搞清楚是不重要的：她已经死了，不精确暗示着，一切有什么区别呢？无论怎样她都会死。5 月 31 日，那一天他偷了一把枪，并不是"嗨乔"的对话发生的那一天——并不是记录里引用的，他对同事说"我打算除掉某个人"这句话的那一天。这不是他动手的那一天。

15. 1985年6月5日

电话里的声音说："女士？"他说，"是你的母亲，女士。她被枪击了。"

站在我身后的警察几乎什么也没有告诉我，只说我必须接这个电话并且"尽快回家"。我一时语塞。我想，*枪击*，而非*枪杀*，只是枪击——我叨念这个词，仿佛符咒。

于是我对着电话说："她在哪？"意思是：*哪家医院*？"我正要去她那儿，'请尽快回家'。"早晨的阳光透过百叶窗，在房间地板上投下一道道光的栅栏。我长久凝视它，试图挨过电话那端的缄默——在此期间，我母亲的存在在我的心中变得更为巨大。"她在哪儿？"我再一次说。

电话那边回答："她死了，女士。"仿佛死亡是一个地址。

———

我穿衣服的时候，警察站在我的宿舍门外。我不知道要去多久，也不知道等待着我的是什么。我恍恍惚惚地在室内走来走去，触碰架子上的物件，挪动书桌上的书籍，仿佛这些器物，只要在合适的位置上，就能重新给世界以秩序。接着我想到了外祖母，我挑了一条黑色的裙子，一双浅口有跟的黑皮鞋，即便现在已是六月，乔治亚州天气炎热，我还是挑了一双黑色长筒袜，它们轻薄透明，只是在我的皮肤上裹上一层阴影。我仿佛有两个大脑，既不愿意相信，也无法相信我被告知的一切，又清楚地知道外祖母不会希望我光着脚，傲慢个逊地走进死亡的肃穆厅室。

我坐在警车的后排座位，望着窗外，努力不在后视镜里与警察四目相对。我们行驶在 GA78 公路上，这是一条四车道的高速公路，但依旧算是雅典市附近的乡间道路，两旁是树木，草原，以及——到处都有的——一片有小小的路边摊或集市的林间空地。警察告诉我，他得停车打听案件的"进展"，他把车泊在一间门口有电话亭的商店前，下车打电话。我一直数着公里数，等候着这一刻，期待他回到车里，告诉我搞错了，我母亲没有死——只是*被枪击*——或者他们干脆搞错了那位女士的身份。

　　进展，他说。对我而言，它只意味着情况尚有变数，意味着我们将得到另外的消息，以澄清眼前可怕的错误。在剩下的旅程里，每一次他停车打电话，我都满怀希望。希望像一只气球在我胸口膨胀，它不断扩张直到我感受到疼痛。每一次他返回车里，一言不发，我都由于过分担忧而难以询问他获知了什么。我想，也许我最好什么也别说。

　　那段旅程花了一个多小时，我们停车三次。行车途中，我一直在回想最后一次与母亲交谈的情形。前一天晚上我才与她通过电话，告诉她我的期末考试何时结束，她何时可以过来接我回去过暑假。她听起来有些匆忙，我们通话不到一分钟。我听见一连串咔嗒咔嗒的声音，像是机器的按钮，她的语调心不在焉，像在与公寓里的另外某个人说话。

在警察局，警察把我护送到一间小会议室，告诉我在这里等待，直到外祖母从密西西比赶过来。他在我背后关上会议室的门，门上有一小块玻璃面板，会议室的后墙贴满廉价的鼓舞人心的印刷品，于是我坐下来，凝望它们。我这么做是为了避免看向我跟前的桌子，有人把我母亲的公文包放在上面：一只深红色皮革的贝壳包，顶端嵌饰着她金色的姓名首字母：GTG。我不禁觉得，它们如今看起来像我时常在教堂里听见的一个短语的缩写，尤其在母亲节那天，女孩们将康乃馨戴在胸前：红色的康乃馨代表依然活着的母亲，白色的代表死去的母亲——遁入光明（Gone to Glory）。我宁愿想着这个，而非我内心一直拒斥的那个想法：我如何在一周之前打破禁忌，大声说出：*他随时可以找到她，把她杀死。*

我在房间里单独待了几个小时，除了等待无事可做，我胸口的气球变得像石头一般沉重。我听见挂钟的嘀答声，强迫自己在抬头看它之前尽可能多坚持一段时间。我拒绝转头，透过背后的玻璃面板向外张望。我也没有打开我母亲的公文包，看看里面有什么。当外祖母来到时，我再也无法假装坚强，倚在她身上哭起来。而她用一块手帕轻轻擦拭我的脸颊。接着我站在她身旁，听一位警察说：*乔尔还没被捕。他或许会威胁到其他人。*

　　午夜，他们在亚特兰大的南部小镇，一个叫格里芬的地方的汽车旅馆里抓到了他。店员从电视新闻播放的公告里认出了他的脸，在给了他房间钥匙以后打电话报警。警察到达的时候，乔尔还持有他用来杀掉她的手枪。它就放在床头柜上。当警察破门而入时，他说他计划用这把枪把自己干掉。他这样说仿佛就能引起他们的同情，仿佛就能以某种方式减轻他对她犯下的罪孽。

———

　　第二天，我们计划和我父亲一起开车到密西西比，在那里，我们三人将接收我母亲的遗体。但我们首先得到她的公寓里去搜集她的一些东西。作为在亚特兰大唯一一个识路的人，我坐在汽车的后排为司机指路，看着城市在眼前驰过，仿佛一片陌生之地。

进入公寓大楼的停车场，我看见她的尸体躺过的地方，地面上还留下断续的粉笔轮廓。在案发地点下坡不远处有一块污垢，白色路沿旁边有一道黑色的细流。在公寓楼门口，一群电视新闻工作者在厢式货车旁边等待着。我们路过时，记者要求采访，但我外祖母双唇紧闭摇了摇头，而我父亲挥手将他们撵走了。我跨进公寓时，黄色警戒带依然贴在大门上。

虽然没有人说出来，我们在房间里四处走动，寻找她最后一个早晨的痕迹：水槽里的茶杯和茶托，几片茶叶依旧留在杯子底部——描述着不可预知的未来。除此以外，屋子毫无变化，一如既往洁净齐整。那时候，我们还不知道警察拿走了餐台上的几件物什：一把折叠刀，一卷五角硬币。

我们到达后不久，公寓经理前来敲门，询问是否可以派一个工人来清理地毯。"你知道，以防那上面留有血迹，"她说。"如果动作快，我们可以把它清洗掉。"我没说什么，只是指给她看我母亲床头的一个弹孔，以及环绕着它的雪白的墙壁。

我在母亲的衣橱里寻找她入葬的全套衣服。她的鞋子，比我的小半码，整整齐齐摆成排，每一只都套着与她的脚相同形状的木质鞋模。我挑选了她生前最后一张照片里穿着的开司米羊毛裙装——那是几个月前在一个摄影工作室拍的肖像照，如今放在她化妆台上的相框里。我长久地凝视着这张相片。当父亲走进来催促我动作快些时，我依然注视着它，注视着相框玻璃中我的影像与她的重叠在一起。"它看起来和我认识的那个女人全然不同，"他越过我的肩膀说，"她的嘴唇不一样了。我猜他打掉了她的牙齿。"

————

后来，我们在市中心的一家酒店过夜。当地的晚间新闻开始播放，我在电视屏幕上看见了自己的样子。当主播播报新闻的时候，相同的画面不断循环：一个年轻姑娘走到一间公寓门口，走进房间，在她身后关上了大门。

　　就是从这里开始的，我们的疏离。我观察了她几分钟，那个被我抛弃的姑娘，一次次地，她踏进我母亲生前待过的最后一个地方。

16. 丢弃

摆脱，抛弃，铲除，倾倒，罢黜，割舍，剥离，
脱落，摒弃，投掷，湮没，扔掉，驱逐。 她公寓里的
东西是我不能承受之重——哪怕是她挚爱的唱片收
藏。那也是我的挚爱。

我想，如果现在拥有它们，也许能唤回她的某些
部分，几百张唱片就像她人生故事的配乐，将我带回
她最开始收集它们的那一刻，那时伯祖父桑还经营着
他的夜店，把他为自动电唱机购买的唱片馈赠给她。

接下来，是多年以来她持续积累的——她的诱惑乐队、艾尔·格林和唐尼·海瑟威，她的吉米·亨德里克斯、马文·盖伊和塔米·特瑞尔。简单如音乐趣味这样的东西，却提供了发现的可能。

那时候，我一概不要。而现在，由于我想要一切，一个画面在我脑海里替代了其他所有：在我还是小女孩的时候，每当我在唱片堆里翻找，想挑点什么出来播放时，那是唯一一张我难以直视的唱片封面。我会胡乱把它放在其他唱片中间，犹如魔术师在一副牌里藏起某一张扑克牌。不知为何，我却总是一次次地拖出那同一张：疯克德里克乐队[①]的《蛆脑》。

所以，这就是留在我记忆里的：一个留着非洲式发型的女人，就像我母亲在1970年代早期留的发型一样，泥土埋到她的颈项，头朝后仰，嘴唇大张，看起来在痛苦地尖叫。唱片封底是一个洁白的骷髅头。如今它困扰我，仿佛向我展示母亲生活的真相，预示

---

① 一支美国放克摇滚乐队，于1968年在新泽西州普莱恩菲尔德成立，一直活跃到1982年。

着即将到来的是什么。她的思想——我所不知道的一切——囚禁在她的头脑里，直到在她写下的最后那些文字中，在那声最后的尖叫中释放出来，就在死亡让她变成一堆白骨，让她变得无可救药，让她变成唱片反面那颗女人的头颅之前。

————

我想摆脱的是那幅囚禁和受苦的画面，那最后的尖叫。

17. 邻近

返回时，你被擦边撞击。

——琼·狄迪恩

2005 年春天的一个傍晚，我的丈夫布雷特和我步行去迪凯特城中一家位于广场上的餐厅吃饭。自 2001 年起，我们就居住在迪凯特，与迪卡布县法院大楼相隔几个街区。正是这段距离，让我成功地避开了我从前大部分的生活。我甚至轻松地以为，我可以一直如此。

　　我们是这家餐厅的常客。在酒吧里找了张高脚桌，与酒保闲聊几句，我们刚刚端起饮料，一个陌生男人走过来问："我刚才看见你俩从酒店那边走来，是吗？"因为我们从家里来，我认为他的意思不是问我们是否*路过*了那家酒店。当我回答不，他道歉并走开了。几分钟后酒保又给我们端来一份饮料，告诉我们是鲍勃送来的，为他刚才的打扰致歉。

　　布雷特和我都感到很奇怪。于是我起身去表达感谢，并作自我介绍。他是个慈眉善目的人，双眼的外眼角向下垂，仿佛带有某种永恒而深沉的悲伤，即便在微笑的时候也是如此。我告诉他我的名字，他把我介绍给他的妻子，并问我从事什么职业。我们说着寻常的客气话，而我依然没搞清楚他为什么前来搭讪。他告诉我他是罗克戴尔县的助理辩护律师。"哦，"我说，"也许你认识我认识的某个人，J.汤姆·摩尔根。他曾是迪卡布县的助理辩护律师。"

　　"你怎么认识的J.汤姆？"

　　"说起来，多年前有这么一个案子……"我的语声逐渐变小，目光从他脸上转向窗外，望着广场上的法院大楼。他缄默了很长一段时间，方才再度开口，仿佛突然想起什么，又仿佛要倾吐难言之隐。

"你母亲是格温·格里梅特吗？乔伊是你的弟弟？"

我被他的问题惊得目瞪口呆，他竟知道我母亲和弟弟。我立即望向他的妻子，看她是否和我同样困惑。当我再度看向他，他的双眼已噙满泪水，然后，他垂下头开始低低啜泣。

"他是第一个到达现场的警察，"他的妻子说，"没有哪一天他不想起你的母亲。"

这一年是她去世二十周年，这一年，失去她的岁月已超过了我与她共度的岁月。这一年，鲍勃告诉我，法庭将清除她的案件记录，他提出把所有资料保留下来交给我。

一个星期后，当我在市中心法院大楼对面的酒吧里见到他，他递给我装在购物袋里的一份沉甸甸的文件和一瓶酒。"你会需要它的，"他说。

———

　　我时常想起拉尔夫·艾莉森[①]对赫拉克利特那句名言的修正，赫拉克利特说"性格即命运"，但拉尔夫说"地理即命运"。我心甘情愿地回到这个地方，让我自己接近往事。我甚至在能步行至法院大楼的距离买了一幢房子，那儿离警察局不远，但距我母亲在石山的阴影下被杀害的地方有几公里。在我的脑海中，石山作为南部联邦的象征和白人至上主义的纪念碑将地理和历史结合起来——既是公开的，也是私密的，既属于国家，也属于个人。

　　我怎会以为我的过去不会以数不清的方式来寻找我？怎会以为我能在此地毫无知觉地生活下去？"我那天在警察局见到你了，"鲍勃告诉我，"你看起来好像已经离开了，超脱远离了这一切。"我想，当他看见我时，我还沉浸在震惊当中，但他显然觉察到我脸

———

　　①　美国黑人学者、作家，其长篇小说《隐形人》于1953年获国家图书奖。

上一些别的东西。现在我也觉察到了。所有这些年，我以为我在逃离往事，而实际上，我一直在坚定地寻找返回它的路径。

[   ]

　　当我终于坐下来书写我们的故事当中我最拒斥的
一部分，当我终于强迫自己阅读所有的证据——通话
录音、证人证词、尸检和官方报告、辩护律师陈述，
警察玩忽职守的迹象——我瘫坐在地板上，哀痛得仿
佛刚刚得知我母亲的死亡。情绪无法控制：我爆发出
彼时从未自我允许的漫长的、持续不断的、原始的号
啕。因此，我在真实的时间里再次经历了它，只不过，
我再次经历的不是我自己突如其来的丧亲之痛，而是

她在最后时刻的恐惧。

他们本可以救下她。

一直以来，我努力讲述这个故事，我充实它，解析它，以便我自己能够承受：整齐的、条分缕析的片段让我得以度过这三十年且内心没有崩塌。

三十年是一段很长的时间，让人知道所失去之物的轮廓，让人与自己的丧亲变得亲密起来。你习惯了它。大部分日子，它是一个遥远的存在，总是隐现在地平线上，载着它艰难的负荷向我驶来。意料之外的是她最后的尖叫，几个邻居告诉警察，在他们听到两声枪响的前一秒钟——她说不，不，不——她最后的尖叫在我的嘴里鸣响。

18. 早于知晓的记忆

过往的一些特定的画面总是
被输送到我们的感官。

——艾德里安娜·里奇

多少年来，我一遍遍地想起早年在墨西哥几乎溺
死的经历，在那个画面里，我母亲蹲在岸边，向我伸
出双手，一轮光圈环绕她的脸颊。我那时候知道它酷
似圣母玛利亚的肖像吗？头脑的工作方式是，我们总

是通过已知之物的滤镜来看见和感知新事物。那么，哪一个在先呢，是当我在泳池里下沉时仰头看见的母亲，还是几乎以相同笔触描绘玛利亚的宗教油画与祭坛装饰？

重要的是隐喻的变革力量，以及我们告诉自己的关于光环的故事和人生的意义。从几十年前的那一天以后，记忆中的意象维持原状，我想，因为我排演过它，一遍遍地向自己讲述它。改变了的是我对目睹之物的理解，还有我如何诠释根植在我对这些事件的回忆方式里的隐喻。科学家告诉我们，大脑以不同的方式记录和储存记忆，铭记创伤的方式与其他类型的事件并不相同。

为了在创伤中幸存，你得为它编织一个故事。因此，在看似微不足道的险些溺死的创伤之后，我开始向自己讲述这样一个故事：我母亲在那里，我并非真的陷入危险，而且她在某种程度上是超凡脱俗的，是一个有着轻柔光环的圣者，我可以向她祈祷以获得救赎——这个故事经过多年演化，创造出了一种关于自我的叙事，它反过来容纳了另一个创伤并赋予它意义。

在《作为幸存者的诗歌》中，格雷戈里·奥尔[①]问幸存者关于暴力的问题：*我怎能靠得那么近而不被它摧毁？我何以被赦免？* ——这些问题能在一个作家的内心激起对意义和目的的追问。"但这产生自创伤的追问并非仅仅带领幸存者向前，"他写道，"它首先带领他或她后退，退到创伤发生的场景当中，在那里，代表暴力之谜的恶魔或天使与代表重生与变化之谜的恶魔或天使之间展开缠斗。"他指的是加西亚·洛尔卡的*恶魔（duende）*：一个驱使着艺术家的魔鬼，它引发了苦难与痛苦，以及对死亡的敏锐意识。关于魔鬼对艺术家创作的影响，洛尔卡写道："陌生性存在于企图治愈那永远无法愈合的创伤之中。"

所以，让我回到她刚死去时我做的一个梦，正是它开启了这段旅程。

三周之后，我母亲和我又相聚了。仿佛为了将她带回来，我旅行至这个暗影重重的地点，现在，我们肩并肩行走，谁也不说话。在沉默中我们感到舒适，

---

① 美国诗人，1947 年出生于美国纽约州奥尔巴尼。

可以一直这么走下去。而此刻，黑暗中闪出一个男人，他向我们走来。即便在梦里，我也知道他杀了她。然而我却微笑，在他路过时抬手，向他致以问候："嗨，大伙计乔"。就在那时，我母亲转向我，说出她最后的话："你知道有一个永远无法愈合的伤口意味着什么吗？"在她前额正中，有一个硬币大小的弹孔。从中射出一道无比明亮、无比锐利的光，仿佛我正直视着太阳——在包裹着我们的黑暗中，她的脸庞被光环绕。我们像此前一样继续往前走，再度与他相遇。这一次，他手持一把枪，瞄准她的额头。这一次我想我必须拯救她，于是倾身拦住子弹的轨道，高喊"不！"——我因这个词惊醒，我自己的声音将我从睡眠中褫夺。

————

醒来那一刻，我改变了。我认识的和我所在的这个世界也已不同。通过梦境的隐喻，我辨认出我最深的伤口那不可否认的存在。在我听到梦境中母亲最后的话语之前，我读过洛尔卡吗？我怀疑读过。但过去再次向我传递那个熟悉的场景：早年的画面，我母亲的脸在我的上方，遮挡住太阳，在我从水下仰头望着她的时候。只不过现在，明与暗相互倒转，它以负片的形式将她的脸转变为纯粹的光亮，被一圈黑暗环绕，那光亮刺目到吞噬一切。它也传递了另一些东西：我们离家以后，在足球场的跑道上，乔尔出现在我面前，我冲他微笑，挥手，和他打招呼：简单的姿态救了我，却葬送了我母亲的生命。

在那第一个梦之后，我的整个成年时光都笼罩在愧疚当中，因为我牵连进了我母亲的死亡——或者，更准确地说，她死了是因为我没有死。我并非总是明确地知晓到这种愧疚，但我能感到某些类似的东西在我意识的边缘啃噬。

"记忆里积淀的必早于知晓的记忆，"威廉·福克纳写道。多年以来，当我一再地将这个梦与我正在展开的人生叙事相关联，我开始将它看成早年创伤记忆的一枚书档——仿佛我最早的记忆的确为那个梦提供了框架，以我母亲的死亡为界，将我的人生划分为此前和此后两个部分。从水中被拉到她怀里，宛若一种洗礼。我目击了某个奇迹，与信徒们所言的那种让他们走上虔诚与意义之路的神迹相似：我母亲，透过水摇曳的镜头，看起来遥远缥缈——像一个幽灵，像她将要变成的那个死去的女人，却被光芒笼罩，仿佛她已化羽成圣。

在我的人生叙事里——它向后而非向前，凝望进不可知的、未经记述的未来，我从泳池中，犹如从施洗的圣水盆中起身——经历了改变、重生——仿佛在那时，它已向我展示，什么是对我的召唤。这就是过去如何契入我们的生命叙事，赋予它意义和目的。即便我母亲的死也在我召唤的故事中得到救赎，变得意味深长，而非荒诞不经。这就是我为了活下来而告诉自己的故事。

[   ]

　　常常，当我独自上路时，会想起每年夏天与母亲一起返回密西西比。在我到达驾龄的前一年，她让我在一段长长的无人的高速公路上练习驾驶。我越过操控台，扶住方向盘，靠向她，我的背部抵住她的胸脯，跟随太阳的弧线朝西向着家的方向行驶。连续好几公里我们这样驾驶：挨得这样近，仿佛连结在一起，我能感到她的心脏在背后砰砰跳动，仿佛我不止有一颗，而是有两颗心。

致　谢

　　写这本书是一个漫长而痛苦的旅程，一路上我从友人那里得到了诸多帮助——太多而无法备述，并注定有朝一日被我遗忘。我猜，他们当中的很多人并没有意识到，他们以难以预料的方式帮助了我。我将以我的余生来表达感谢。这只是一个开始：丹·阿尔贝格蒂，辛西娅·布莱克利，耶利哥·布朗，鲍勃·卡斯帕，米歇尔·科利尔，简·道格拉斯，奥尔加·杜甘，苏珊·格里森，阿里森·格拉努奇，乔·格里梅特（我弟弟），吉姆·格里姆斯利，弗兰克·古里迪，丹尼尔·哈尔彭，莱斯利·哈里斯，约翰·霍鹏塔勒，凯特·约翰森，尼可·朗，莫莉·麦克吉，佩尔·麦克汉尼和汤姆·麦克汉尼，罗伯·麦奎尔金，唐·艾伦（奇普）米歇尔，ZZ 帕克，黛博拉·帕瑞迪斯，托尼·鲍尔斯和蕾莎·鲍尔斯，安吉罗·罗宾逊，米歇尔·塔克金斯，查尔斯·塔克，阿伦·图罗斯，凯特·塔特尔，波拉·维塔利斯，达润·王，丽娜·威廉斯，瑟西莉亚·沃罗奇，杰尼·徐，C·戴尔·杨，凯文·杨，以及——我最亲爱的——布雷特·加兹登。

著作权登记图字：09-2023-0458

图书在版编目(CIP)数据

隐秘的终点 / (美) 娜塔莎·特雷休伊著；黄茜译.
—上海：上海三联书店，2024.1
ISBN 978-7-5426-8120-1

Ⅰ.①隐… Ⅱ.①娜…②黄… Ⅲ.①纪实文学—美
国—现代 Ⅳ.① I712.55

中国国家版本馆 CIP 数据核字（2023）第 155010 号

隐秘的终点

[美] 娜塔莎·特雷休伊（Natasha Trethewey）著 黄茜 译

出　　品 / 风之回响 RESONANCE
责任编辑 / 陈马东方月
特约编辑 / 沈乐慧
装帧设计 / 董茹嘉
监　　制 / 姚　军
责任校对 / 王凌霄

出版发行 / 上海三联书店
　　　　　（200030）中国上海市漕溪北路 331 号 A 座 6 楼
邮　　箱 / sdxsanlian@sina.com
邮购电话 / 021-22895540
印　　刷 / 上海颛辉印刷厂有限公司
版　　次 / 2024 年 1 月第 1 版
印　　次 / 2024 年 1 月第 1 次印刷
开　　本 / 787mm × 1092mm　1/32
字　　数 / 75 千字
印　　张 / 7.375
书　　号 / ISBN 978-7-5426-8120-1/I·1832
定　　价 / 49.00 元

敬启读者，如发现本书有印装质量问题，请与印刷厂联系（021-56152633）